JN051230

講談社文庫

猫のエルは

町田 康

講談社

猫のエルは◉目次

猫のエルは

1

諧和会議

天尭《てんぎょう》元年一月一日午前十時。広い森を貫く一本の道の真ん中あたり。そこだけ広場のようになったところで第三十四回諧和《かいわ》会議は開かれた。

会議を開くのだったらこんなところがいいよね。現代的な会議場やホールなんかよりずっといい。そうだね。儂《わし》もそう思うよ。そんな声が議場のあちこちから聞こえていた。

真冬だが風もなく暖かな日射しが射し込んで犬は眠り込みそうになった。いかんいかん。大事な会議なのに。そう思う犬は四肢を踏みばって立ち、身体をブルブル震わせた。そのとき蛙が話し始めた。

「ええ、議長の蛙真一郎でございます。それでは定刻になりましたので第三十四回諧和会議を始めます。出席者数は約十四名。欠席者数は不明。委任状の提出はゼロ。したがいまして会議の議決は無効でございますが、諧和会議には有効も無効もありませんので気にせず進めたいと思いますが御異議ございませんか。ございませんね。異議なしと認めます」

と蛙は淀みなく議事を進めていった。多くの者が居眠ったり、草を食べたりして、様々の議案に反対する者もなく、「此《かく》の如くみな諧和して。さすがは諧和会議です」と自讃する者もあった。ところが。

「それでは第十二号議案、『猫君の暴虐に関しての対策案について』ですが、この件についてご意見のある方はおられますか」

と蛙が言った途端、俄《にわ》かに会議は活気づき、多くの者が発言を求めた。

「はい、はい、はい、はい」「はい、はい、はい、はい」「はい、はい、はい、はい」

「それでは、馬君」

指名された馬は喜び、ヒン、と短く嘶《いなな》くと尻尾を振り振り、気取って話を始めた。

「蛙議長。ご指名ありがとうございます。馬山五郎です。記念すべき第四十五回諧和会議において、こうして皆様の前で発言できることは欣快《きんかい》の至りでございます。と、申しますのも、このように私たちが言葉を話す、言語の世界をゲットできたというのは、私たちがこのように諧和して、かつまた調和して、けれども、ここが重要なポイントで、私たちに、その文明の成果及び蹉跌によって、というのを具体的に申しあげるならば、彼らの動物と会話したいという奇怪な欲望と、そうしたことを初めとする様々の奇怪で際限のない欲望を支えてきたエネルギー政策の大失敗が環境に齎《もたら》した変異によって、私たちに言語を解する頭脳を齎した人間が愚かにもしたような進歩も発展もしないで生きていくことが、どれほど素敵なことか、ということをここにいる全員が理解しているからに他なりません。ヒーン」

と馬が嘶くとき、狸は言った。

「馬の話、長いね」

鶏が答えた。

「ほんと、ほんと。その割には会議の回数、間違えてるし」

「俗に言う、馬の長話、ってやつだね」

「聞いたことないわ」

狸と鶏がそんな話をしているのも知らないで馬は話し続けた。

「いま私はここにいる全員、と申し上げた。それは間違いがない。ただ、そう、議長がおっしゃった猫君、彼らだけは全然、会議にも出てこないし、諧和ということをまったくしようとしない。調和もしない。幸いにして進歩や発展はしておらないようですが、私たちとの会話を拒絶して無言を貫き、好き放題をやらかしている。みんなで分与しようと思っておいてあった魚肉を食べ散らかす。それでも腹が減っているのであれば許します。ところが食った直後に、ぶわあああっ、と嘔吐したりしている」

と馬が具体的な文句を言い始めたところ、よほど不満が鬱積していたのか、みなが一斉に文句を言い始めた。

「マイケル・マイマイツブリですけど、本当ですよ」

「蝸牛《かたつむり》君、議長の許可を得てから発言してください」

「僕はマイマイツブリです。蝸牛じゃありません」

「おんなしこっちゃがな」

「はっきり言って僕のことを蝸牛と呼ぶのは差別だし、言葉狩りです」

「差別はわかんないけど、言葉狩りは逆じゃね？」

「あ、じゃあの、マイマイツブリ君、な、なんの話ですか。差別の話ですか」

「いや、そうじゃなくて猫君の暴虐の話です。諧和社会が実現して偽善的な似《え》非《せ》人道主義は一掃されました。だから。互いを捕食して露の命を繋ぐことは当然のこととして行われます。けれども、猫君の場合はひどい。ひどすぎる。なにが、って、あの人たちの場合、腹が減ってそれで捕って食べるんじゃなくて、純粋な遊びとして、他人を虐殺して楽しんでるんです。あれじゃあ、滅んだ人間と同じで、とてもじゃないが諧和社会の住人とは言えません！　きぃいいいいいいっ」

　と、そのノンビリした感じの見た目とは裏腹にヒステリックに言い立てる蝸牛の意見を受けて雀が発言した。

「仰る通りです。あ、僕、雀三郎です。いいですか、議長。ありがとうございます。僕の知り合いが何人も猫君に虐殺されました。木の上から見てると、最初に羽の骨を折って飛べなくしてから、嬲《なぶ》り殺しにして、その様子は完全に面白尽くでした。それで最後、なにやったと思いますう？　最後、首を噛みちぎりまして、それで首だけくわえて、少し離れたところの平たい石のところに運んでいって、そこへ、ペッ、と吐き出すんです」

「なにしてんの？」

「わかりません。それを次々やって、平たい石の上に噛みちぎった首を五つほど並べて、その前に前肢《まえあし》を揃えて、じっと眺めてるんです」

「いわゆるところのコレクション？」

「そうかも知れません。でもコレクションだったら大事にするはずじゃないですかあ。けど猫君は四十秒くらいしたら、大きな欠伸をして急になにかを思い立ったようにそこを去ってそれから二度と戻ってきませんでした。目を閉じて口を開いたまま冷たくなった仲間の顔がいまも忘れられません」

　そう言って雀はトントン、トントン、と左右に小さく移動した。

「仰る通りだ。僕の仲間も同じくバラバラにされて捨てられた」「俺の知り合いも殺された。俺も何度も殺されかけた」「なにを考えているのかまったく理解できない。心の闇か」と、バッタ、ゴキブリ、蟬、蛇などが口々に声を挙げた。

これを受けて議長の蛙真一郎が発言した。

「わかりました。えーと、つまり猫君による被害がえげつないということですね。まあ、ここで私からもご報告があります。あの森を抜けてちょっと行ったところにアンティークショップがありますでしょ」

「ありますあります」

「あの、店先に壺が飾ってありましたでしょ」

「そうですそうです。いい壺です。僕はあれを鑑賞するのが好きです。そのうち評論でも語り下ろしてやろうかと思ってる」

「あれが割れちゃったんです」

「え、マジですか？　もしかして……」

「そうなんです。たまたま通りがかって猫君が割ってるのを見たんです」

「なんでそんなことするんでしょうね。そんなことしておもしろいんですかね」

「ええ、多分そうなんでしょうが、ただそのときの猫君の顔を見ると、そういう風にも見えない。無表情で、なんともいえない虚無的な目をしてるんですね」

「じゃあ、なんでやるんでしょうか」

「それは猫君に聞いてみないとわからないのですが、とにかくそういう訳で猫君は壺を割ってしまったわけで、まあ、壺がなくてマジで困るのは蛸《たこ》君くらいですが、皆さん、御存知の通り猫君が壊すのは壺だけじゃなくて、およそ人間の拵《こしら》えたものはなんだって壊しちゃう。割れるものは割るし、嚙み砕けるものは嚙み砕くし、或いは咥《くわ》えていって高いところから落としたり、パソコンとかスマホなんてものは小便をかけて壊しちゃう。このマーキングの威力は凄いですよ。こないだ、家が一軒、壊れました。長期間にわたるマーキングで柱が腐って倒壊したんです」

「そりゃひどい。でも所詮は人間の文明の産物だし、それは大目に見てもよいんじゃないですか」

「そうですが、ご案内の通り私たちは人間と違って手がフニャフニャでそうした物の生産が得意ではありません。猿君は多少できるようですが、それも限界があります。つまりこうした物は限りある資源ということで、私たちの諧和世界をsustainableな世界にするためには、これを大事にする必要があります。繰り返しますが私たちには言葉しかありません。けれども、だからこそ理性と悟性によってなる諧和社会が実現したのです。しかし、ひとり猫君のみがこの諧和を乱し、自由狼藉に生きています。なんとかしなくてはなりません」

「議長の言うとおりだ」「異議なし」「異議なし」と、そこにいる全員が議長の意見に賛意を表した。「しかし」と議長は続けた。「私たちは猫君に対して実力を用いることはしない。なぜなら私たちは諧和社会の住人だからです。あくまでも言葉によって猫君と諧和しなければなりません」

「やっても負けるしな」と螻蛄《おけら》が小声で言った。「仰る通りだ」と白鼻心《はくびしん》が中声で言った。「議長っ」と大声で言う者があった。牛だった。「どうぞ」と議長が発言を許可し、牛が話し始めた。

「乳牛山八郎です。私は先日、猫に勝手に乳を飲まれました。なんということをするのだ、と思い、こら。勝手に乳を飲むな。と叱りました。そして、乳を飲みたいのならいくらでも飲ませてやる。その代わり飲む前に一言、相済みません、乳を飲ませてください、と断れ、と諭しました。ところが、なんの反応もありませんでした。奇妙な顔でこちらを凝《じっ》と見るばかりです。そのとき私は思いました。果たしてこいつは言葉がわかっているのだろうか。もしかしたらこいつは言葉がわからないのではないのか、と思ったのです。議長は言葉で説得すべき、と仰いますが、それ以前にひとつの疑問があります。それは、ぜんたい猫は言葉がわかるのか？　という疑問です。わかっているのなら説得も意味があるでしょう。でももしわかっていないなら……、それを私は問いたいのです。私は彼らがなにか話すのを聞いたことがありません」

牛がそう発言した途端、議場は混乱、収拾がつかなくなった。そういえばなんとなく話しているような気になっていたけれども猫と会話した経験がある者はひとりもなかった。飛ぶ者、跳ねる者、吠える者、嘶く者、無闇に乳を噴出させる者。再三に亘る「静粛に願います」という議長の呼びかけを無視し、みな顔を真っ赤にして自説を言い立てた。

けれどもさすがに諧和社会のメンバーだけのことはある。二分ほどで混乱は「自然に」収まり、皆が議長の言葉に耳を傾けた。

「牛君の発言はご尤《もっと》もと考えます。そもそも猫君が言葉を解さぬのであれば言葉による説得は意味がありません。そこで。猫君の言語能力に関する調査委員会の設置をいたしたいと思いますが、御異議ございませんか。ございませんか。異議なしと認めます。それでは、猫君の言語能力に関する調査委員会を設置することにして、委員会の詳細につきましては事務局で協議の上、次の会議でご提案いたしたいと思います。本日はこれにて散会いたします」

議長が宣し、森の会議が終了、みな自らの塒《ねぐら》へとトボトボ帰っていった。途次、木の実を拾う者があるかと思えば命を落とす者もあったようだった。

天尭三年一月四日は朝から晴れて芥子菜《からしな》を抱えた美しいお嬢さんが往来を行き交っているようなそんな陽気だった。

「いや、けっこうなお天気ですな」

「さよう。絶好の会議日和ですなあ」

「会議に天候は関係ねぇだろうが」

「あっはっはああ、仰る通り。こいつあ一本とられましたなあ」

そんなことを言いながら、「猫君の言語能力に関する調査委員会」のメンバーは森の広場に集合した。一月というのにいろとりどりの花が咲き、噎《む》せかえるような香を放っていた。その花の香りに包まれて鶫《つぐみ》が発言した。

「皆さん、おそろいのようなので始めます。委員長の鶫焼鴨です。俳句を少々、嗜んでおります。ってそんなことはどうでも委員。あほっ、あっほん。みんなの心を和ませようとして余計なことを申しました。猿君から皆様にご報告がありますようですから、それでは猿君、お願いします」

鶫委員長に促されて猿盆兵衛は報告を開始した。

「ええ、猿盆兵衛です。それではご報告をいたします。委員会のご指名を受け、私は猫君の言語能力についての第一回調査を行いました。お手元の資料的なものはございませんので、口頭でご報告申し上げることをお許しください。まず初めになぜ私が選ばれたかについてですが、伺いましたところによると、私は普段、猫君と殆ど接触がなく利害関係にないからだそうでございます。実際のところ、今回の調査で初めて猫君にお目にかかりました」

そう言って猿は尻を掻いた。「そういえば猿と猫の出会いを人間は絵や小説に描いていないね」「あるかも知らんがメジャーではないだろうね」委員はそんなことを言い合った。猿は続けた。

「ええ、そのうえで最初に調査の目的でございますが、標題にあります通り、猫君の言語能力についてでございます。これわかりやすく言うならば、猫君は言葉がわかるのか、わからないのか。と、こういうことです。人間のエネルギー政策の蹉跌によって自然界に予期せぬ変異が起こり、私たちは言葉を話し、書けないけれど読むことができるようになりました。その結果、この素晴らしき諧和社会が実現したわけです。しかるに猫君だけは頑として言葉を話さない。ならば猫君だけが変異せず、言葉がわからないのかというと、そうでもないらしく、ときどき私たちの会話を聞いて笑ったり、難解な書物を読んだりしている節もある。かと思えば聖なる書物に小便をかけるなどもしていて、よくわからない。そこでこの際、猫君が言葉を理解しているのかどうなのかを明らかにするのが今回の調査の目的です」

そう言って猿は言葉を切り、右手に持っていたモンキーバナナを食べた。

木菟《みみずく》は、「なんて不作法な。報告中にバナナを食べるなんて」と言ってない眉を顰めた。「そう言うな。きっと低血糖なんだよ」と梟《ふくろう》がフォローした。

「次に調査の方法でございますが、直接訪問という形をとりました。直接、猫君方を訪問し、面談という形で調査を行うことといたしました。委員長、この皮、召し上がりますか」

「食べません。報告を続けてください」

「では皮は廃棄いたします。さて、次に日時ですが天尭元年一月二日より天尭三年一月三日まで六次に亘って調査は行われました。以下、その詳細について順次、ご報告申し上げます。先《ま》ず、第一次調査ですが。これは天尭元年一月二日のそうですね、午前中だったと記憶いたします。あ、済みません。調査に関する記録はございませんので、すべて記憶によるご報告となりますことをご了承ください。ええっと、そういうことで第一次調査は午前中に行われたわけですが、もう大分、日も高くなっておりまして、コンクリート塀が白く光るようでした。野の花が咲いて実に美しく、私はモンキーレンチを振り回して踊りたいような、そんなうららかな気分でした。ところがその日は猫君にお目にかかることができませんでした。なぜかというと猫君にはこれと決まった居宅がなく、いつもテキトーにぶらついておられるからです。そこで私もぶらついてみたのですが、彼方もぶらつき、此方《こなた》もぶらついている訳ですから確率論から申し上げてもなかなか出会えるものではありません。そして結論から申し上げますと、その日は猫君に会うことはできませんでした。それから元年のうちに第二次、第三次調査、明けて天尭二年にも第四次、第五次調査を実施いたしましたが、そのときもまた猫君に会うことができず、調査方法の抜本的な見直しの必要性を感じ始めたのですが、有効な手立てを見いだせないまま、天尭二年も暮れ、明けて天尭三年一月の三日、乃ち昨日、ついに私は材木を玄関に置き放しにしている家の玄関の前で猫君と面会することができたのです」

「ブラボー、って言った方がいいんですかね」

と狸が言うのに、「言わんほうがよいでしょう」と犬が答えた。

「なるほど。時間がかかりすぎのようだが、まあ会えたのだからよいでしょう。続けてください」

鶫委員長に促されて猿は続けた。

「はい。そのとき猫君は材木で爪研ぎをしていました。向こうを向いて前肢を揃えて伸ばし、素早く、交互に動かしながら、尻をたっかくあげ、上機嫌かつ調子に乗っているように見えましたが、同時にいらついているようにも見えました。なので、いま後ろから声を掛けるのはどうかな、と躊躇する部分もあったのですが、この機会を逃したら今度はいつ会えるかわからない、と思ったものですから、思い切って、すみません、と声を掛けました」

「そしたらどうなりました」

「最初、猫君は一瞬爪研ぎの手を止め、耳だけこちらに向けました。そこで、もう一度、爪研ぎ中に申し訳ありません、ちょっといいですか、と声を掛けました」

「そしたらどうなりました」

「そしたら、普通だったら爪研ぎをよしてなんかは言いますよね、ところが耳も向こうに向けて、先程より勢いよく爪研ぎをして、その様子はいかにも、知らない猿に話しかけられてむかつく、と言外に言っているようでした」

「ということは言葉がわかっているということですかね」

「そうとも言い切れません。ただ猿という存在に憤っているだけかも知れませんので」

「なるほど、それでどうしました」

「そこで今度はbody languageというほどのものではありませんが、向こうを向いている猫君の背をそっと撫で、おいおい、猫君、そう怒らなくてもよいぢゃねぇか、と優しく語りかけました」

「そしたらどうなりました」

「そしたら、なんということでしょうか、猫君は突如として、ふぎゃあああああっ、という甲高い、世にも恐ろしい声を挙げて、いきなり二尺も飛び上がったかと思ったら、少し離れたところまで走って行き、姿勢を低くしてこちらを睨み付け、悪魔のような形相で、しゃあああああああ、という呪いと威嚇の混ぜ合わせ丼を投げつけてくるのです」

「それでどうしました」

「僕は恐ろしくて、悲しくて……、僕は、僕は泣きました」

「それでどうなりました」

「それでも猫君は、しゃあああああ、をやめず、それどころか、しゃああああああああ、と言った後に、恐ろしい爪を剥き出しにして、タンッ、と本気のパンチを繰り出してきて、僕は咄嗟に、殺される、と思って……」

「それでどうしました」

「勿論、逃げました」

「それで？」

「それで終わりです」

「いやいや、報告はどうなるんです」

「ああ、報告ですよね。だからまあ、とにかく怒っていらっしゃったし、それが言葉に怒ったのか、行動に怒ったのか、それすらわからないくらいに怒っておられて、私は死ぬ寸前まで追い詰められました。怪我がなくて本当によかったです。そこで結論から申しますと、猫君の言語能力に関しては現時点においては不明、と言わざるを得ず、今後、さらなる調査が必要と申し上げて報告を終えます。以上でございます。ご静聴ありがとうございました」

そう言って猿は地面に座って唇を尖らせた。

「猿君、御苦労さまでした。ご質問、またご意見はございませんか」

と鵜委員長が言ったが、誰も発言しなかった。ただ、猿を行かせたのは失敗だった、という空気が委員会室（森の広場）に充ち満ちていた。仕方なく鵜委員長が発言した。

「それでは引き続き調査を続行するということで、その詳細については別途、検討いたしたいと思います。本日はこれにて散会いたします」

鵜がそう言って第一回猫の言語能力に関する調査委員会（略称・NGC）が終了し、委員は広場から散っていった。途次、食われ死ぬ者があったのは前回の諧和会議の際と同じであった。

　天尭三年六月九日。雨、そぼ降る森の広場には猿が奏でる陰気なマンドリンの調べが鳴り響いていた。そんななか第二回調査委員会が開かれ、小さな犬が調査報告をしていた。出席者は前回よりも少なかったがそれでも十名以上はいた。みな、猫の暴虐に悩まされていた。

　猿は力なくマンドリンを弾き続けていた。猿は思っていた。噫《ああ》。俺は無力。だから先日、往来で拾って以来、練習を続けているマンドリン演奏でみんなの心を和ませることくらいしかできない。犬君はさぞかし調査の実を挙げただろうな。だって彼は俺よりも余程猫を知っている。頑張れ。頑張って報告してくれ。と。

　そして猿は心を込めて演奏をした。それは猿の祈りであった。でもその演奏が陰気でみなの心は沈んだ。

　とは言うもののみな期待を抱いていた。というのは。

そう。猿が思うとおり、犬というのはかつて人間の家庭で飼育され、同じく人間の家庭で飼育されていた猫のごく近くで暮らしていた。だから猫というものを熟知している。その犬であれば、より正確な調査が可能だろうと委員会は判断し

になにかを言おうとしていることはわかるはずで、ならば、言葉がわからない者はかえってわかる人よりもなんとかして、相手の言わんとすることを、その表情や仕草から読み取ろうとするものだが（実は犬はかつてそうやって人間の言葉を読んでいた）、猫にそんな様子は微塵もなかったからである。

完全なる無視。猫は犬が自分に向けてなにか言っているということに、地を這う虫ほどにも注意を払わなかった。

といって犬をいないことにしているのではなく、強い視線を犬に向けてけっして目を逸らさなかった。そしてその目にはなんの色も浮かんでいなかった。ただ、翡翠のような美しい、まん丸な目を犬に向けて逸らさないのであった。

犬はたじろいだ。たじろぎまくった。黙って猫の視線に曝《さら》されるのがつらくて苦しくて犬は、無駄とわかりつつ言葉を継いだ。

「そりゃあ、まあね、わかりますよ。いや、わかりませんか。いや、それもわからないんですけど、その顔はさあ、どう考えてもわかってますよね。だったらさあ、一言くらい、なんか言ってくれてもいいじゃないですかあ。っていうか、あれなんですか。やっぱりあなたからみると、僕なんかは非常に、なんていうんだろう、クラス的なものが下過ぎて、口もきけない、っていう感じですかね。がるるるっ」

とつい吠えたのは威嚇半分、恐怖半分だったが、それでも猫は表情を変えず、凝と犬を見て視線を逸らさない。犬は喋れば喋るほど追い詰まっていくのを自覚しながら黙ることができなかった。

「落語に、睨み返し、ってのがありますよね。あれですか。あれをやってるつもりなんですかね。だとしたら凄いですよ。凄い藝《げい》ですよ。動物国宝ですよ。だって、睨み返すその眼差しに表情はないのだけれども、なにか、なんていうのだろう、こちらに内省っていうのかな、そういうのを促すような感じが凄いあって、なにも言っていないのに勝手にこっちが批判されているように感じてしまう、そういうなんていうのだろう、蔑みと憐れみが混ざったような感じが凄いあって、それってもうそこまでいくと慈悲なんじゃないの、と思って、つい縋ったら谷底に蹴落とされる、みたいな、そんな眼差しで、もう、なんか自分自身の駄目なところとか、反省すべきところを全部、指摘されてるみたいな気になってくるから、すみません、その目で見るのやめてもらっていいですか」

と、犬は懇願した。ところが猫は、見ようによっては、「呆れ果ててものも言えない」と言っているようにも見える目で犬を見て視線を逸らさなかった。

「ああ、もう、ああ、もう、がるるるるるるるっ、耐えられない。自分の弱さと向き合えない」

そう言うと犬は尻尾を巻いて後退り、クルッ、と向きを変えると日当たりのよいリビングルームを出て行った。その後ろ影を目を細めて見送った猫は、大あくびをし、それから前肢に顎を乗せて本格的に眠った。

「という訳で猫君の言語能力について明らかにすることはできませんでした。すみませんでした」と言って犬は地面を掘ったり、後ろ肢で顎を掻いたりした。

天尭三年六月九日。猿の奏でる陰気なマンドリン曲が響き、雨も降り止まぬなか、委員会が続いた。

鶇委員長は困惑していた。犬柴四郎を推挙したのは委員長自身だった。猫と気心が知れた犬だからよいと思って推挙した犬がかくも惨めな失態を演じた。私の面目は丸つぶれだ。しかし、ここで面子にこだわって犬を推挙したのは間違いではなかった、と強弁、言葉で現実を覆そうとするのはよくない。そうすれば面子は保たれるかも知れないが事態はより悪化する。人間が滅んだのはそのせいだ。言葉を得たのはよいが言葉を使うのではなく言葉に使われてしまった。言葉の奴隷になってしまったのだ。言葉と快楽の奴隷。それが人間だった。私たちの諧和社会はその反省の上に成り立っている。私は言葉で失敗を認め、委員長を辞任して、誰かに食われてピギイと啼いて死のう。行く春や鳥啼き魚の目は泪。そういうことだ。芭蕉は右のようなことを知っていたのだ、きっと。

そう決意した鶫は、自分の判断が間違っていたこと。委員長を辞任すること。そしてその後、ピギイと啼いて死のうと思っていること。を言葉で述べた。したところ。

全身が真っ白な可愛いオコジョが進み出て言った。

「鼬野《いたちの》衣太郎です。ちょっと見なれば薄情そうな渡り鳥と言って、鳥ではない。でも委員長、委員長は鳥です。その委員長のご判断は間違っていません」

「あ、そうですかね」

「ええ。やはり気心がわかっているというのは重要なことで、自分にとっての重要な秘事を気心のわからぬ人に誰が打ち明けましょうや。誰も打ち明けません」

「反語的表現してるよ」「鼬のくせによ」

そんな陰口が叢《くさむら》から聞こえてきた。オコジョは気にせず続けた。

「以下は私の私見ですが、まず最初から考えていきましょう。猿君は、猿田彦十君はなぜ失敗したのでしょうか。それは気心が通じていなかったから、と委員長は考えました。そこで気心の通じた犬柴四郎君を派遣したのです。でも彼は失敗した。では犬君はなぜ失敗したのでしょうか。気心が通じていたから失敗したのでしょうか。私は違うと思います。なぜなら気心が通じない方がよいのなら、猿田彦十君が成功したはずだからです。違いますか、猿君」

猿がマンドリンを弾く手を止めて挙手した。

「委員長」

「猿君、どうぞご発言ください」

「違います。私は猿盆兵衛です」

「そんなことはどうだってよいのですが、ここは諧和社会なので謝ります。すみません。お詫びして訂正いたします。猿カルカッタ君」

「わざとやってるー。もういいよ」

また陰気で悲しいメロディーが広場に響き始めた。

「猿君が許してくださったので続けますと、つまり気心は通じた方がよいのです。ただし、気心ともうひとつ重要な要素を犬君は、犬柴四郎時貞は欠いていました」

「時貞じゃねぇし。でもなんでしょうか」

「こういうことを諧和会議で申し上げるのは憚られ、場合によっては袋叩きになって殺されて襟巻きになるかも知れませんが、公のために一死を顧みずに申し上げます。それははっきり言って武力です」

「おおおおおっ」「ああああああっ」

　という溜息とも感嘆ともつかぬ声が森の広場に響いた。

「みなさんの驚きはごもっともです。私たちは言葉の力を信じていますからね。けれども。音楽にも力はあります。このメロディーはここにいる全員を確実に厭な気持ちにしている。同じように武力というのも無視できないパワーであることには違いありません。猫君はそのことを熟知しているのです」

「どういうことでしょうか」

「簡単に申しましょうか？　申しましょう。はっきり申し上げて猫君は犬柴四郎君には勝てると思ったのですよ。弱いんです。犬柴四郎君では弱すぎるのです」

　言われた犬は憤然として手を挙げた。

「委員長」

「犬君」

「心外ですな。僕は柴犬です。柴犬というのは、そう立派な、立派な中型犬だし、野性味に溢れています。半端な大型犬に牙っぷしで負けるなんてことはありません。ましてや猫なんて……」

「なんすか牙っぷしって」「人間なら腕っぷしと言うところを洒落て牙っぷしと

言ったのでしょう」「なんか冷えてきましたね」「カーディガンでも羽織りたい」

そんな外野の声を遮ってオコジョが言った。

「まあ、犬君は確かに柴と言われた犬の末裔です。けれども、ごらんなさい。小さいでしょう。これは柴は柴でも豆柴といって、特別に小さい柴です。猫君は牙の力は劣るものの飛び出し式の鋭利な爪を持っておりますから、こいつなら勝てる、と踏んだのです。つまり、なめられたのです」

身体のことを言われた犬は絶望して地面に横倒しになり、四肢をばたつかせてハアハア言った。

「大丈夫ですか」

「大丈夫です」

「まあ、そういう訳で、私がなにを言いたいかというとなにも犬柴四郎君を貶めたい訳ではなく、つまり、なめられたら調査にも協力して貰えないということです。これはもちろん武力で脅したり、実際に武力を用いよ、と言っているのではありません。ただ、こんな奴は弱いからなめて、おちょくっても大丈夫だ。いざとなったらどつき回せばよい、と相手が思っていたらどうでしょうか。諧和以前に会話が成り立たない。そのためには自身の人格を鍛え、思想を鍛え、そしてまた、身体も鍛える。これがどうしても必要となってくるのです。これは相手をびびらす、ということではありません。相手のrespectを得る、ということです。その際、自分も相手へのrespectを忘れてはなりません。つまりなにが言いたいかというと、それには犬柴四郎君ではちょっと貫禄が足りなかったということです」

「なるほど。一理ありますな。では、だれがふさわしいのでしょうか」

「委員長」

「はい、毛虫君、どうぞ」

「毛虫のチャド久我です。狼君がよいのではないでしょうか」

「なるほど。狼君は強いですからね。人間はニホンオオカミは絶滅したと思っていたようだが、実は根強く生息しておられますしね」

「あと、猪君もいいんじゃないでしょうか。この二名がコンビを組んでいけば最強かと存じます」

「いい案だ。さすがミノムシ」

「毛虫です。チャド久我です」

「ああ、チャド久我でした。すみません。ええっと、そういうことでじゃあ、いいですかね、狼君と猪君にお願いするということで」

「委員長」

「オコジョ君」

「あの、私の言っていることを理解してませんね。つまりですね、私は強ければそれでいい、と言っているのではなく……」

「ああ、そうでした、そうでした。忘れてました。武力だけでも駄目、気心だけでも駄目、その両方を兼ね備えた人物・動物ということですよね。そうすっとやはり犬君になりますかね」

「そうです。一緒に人間家庭で暮らして親近感がある犬君、そのなかでも強い犬君を指名したらどうですか、と僕は提案しているんです」

「素晴らしいオコジョの意見です。いやあ、感服つかまつりました」

「おちょくってるんですか」

「とんでもありません。本当に心の底から凄いと思っています。それでは具体的に誰がよいでしょうかね」

「委員長」

「毛虫君」

「土佐犬太郎君はどうでしょうか。ムチャクチャ強いです」

「うーん、どうでしょうか。強いのは強いですが気心の点で問題がありゃしませんかね」

「ショボボボボン」

張り切って具申した意見を繰り返し否定された毛虫は恥じた。ちょうどそこへゲラが飛来してこれを食った。

「うまいなあ、毛虫」

ゲラはそう言って笑った。いろんな意見が出るなか、飼い犬としてもセレブや芸能人にも人気が高かったドーベルマンがよいのではないか、ということになり、鈴胴赤乃介という犬が召喚された。

言葉を知ったためか退屈な日常に飽き飽きしていた鈴胴赤乃介はこれを喜び、また、たいへんな名誉に思い、すぐにやってきた。

「いやあ、僕なんかでいいんですかね」

「いいんです。だから呼んだんです」

「いやあ、嬉しいなあ。でも大丈夫かなあ、僕で大丈夫ですかねぇ」

「いや、頑張ってくださいよ」

「はい。頑張ります。全力で取り組ませていただきます。いやあ、うれしいなあ、ほんと、ありがとうございますっ。呼んでくれた委員会の皆様方には本当に感謝しています。この気持ちを歌にしたいくらいです。でもすぐには無理です。ちょっと、お時間の方、いただいても大丈夫ですかね」

「なんの時間ですか」

「歌を作る時間です」

「いいから早く行ってください。行かないんだったら別の犬に頼みます」

「行きます、行きます」

ドーベルマンは慌てて出発した。そしてすぐに戻ってきた。

「すみません、場所どこでしたっけ」

「あ、じゃあ、僕、知ってるんで途中まで一緒に行きましょう」

と豆柴が申し出て二名で連れ立って委員会室（森の広場）を出ていった。

その後ろ影を見送りつつ豚が言った。

「もう、耐えられない。ハムっ」

鵜委員長が驚き惑い、言った。

「どうしたのですか。問題は解決に向かっています」

豚は憤然として言った。

「違います。私が我慢できないのはこの暗い音楽です。殺されてハムになったような気分だ。なんとかなりませんか」

「猿君。みんなが嫌がっています。演奏を中止してください」

鵜に言われた猿は演奏を中断してマンドリンを小脇に抱えて木に登っていっ

た。

いつしか雨があがって広場に日が射し込んでいた。

天尭三年六月九日。背の高い草や蔦に覆われた町外れの道を豆柴犬とドーベルマンが連れ立って歩いていた。ときおり立ち止まっては柵や電柱の匂いを嗅ぐので、道のりはなかなかはかどらない。それでもようやっと猫がいる邸宅の近くまで来た。豆柴犬が言った。

「ここをまっつぐ行った突き当たりがその邸宅さ。でかい家だからすぐわかるよ。じゃあな、ここでサヨナラだ」

ドーベルマンは驚いた。なぜなら豆柴は当然一緒に行くものだと思っていたからである。一緒に行って一緒に調査を行ったうえで委員会で報告をすれば面目を施すことができるので、彼は絶対にそうするとドーベルマンは考えていた。なのに、行かぬ、という。Why?と思ったし、また、ここまで一緒に来ておきながら急に帰るなんて寂しいぎじゃないか、とも思っていた。彼は見かけに似ず、きわめて犬なつっこい性格であった。

こんな信号だけが意味なく明滅するところで僕をひとりにするのか。久しぶりに飼い主のことを思い出す。なぜだろうな。人に飼われたことなんてないのに。

そんな風に思って涙ぐむドーベルマンに豆柴は言った。

「まあ泣くな。サヨナラダケガ人生ダ。ってね。そんなとこだ。手柄はおまえひとりのものだよ。みんなが、みーんながおまえの腕っ節に期待している。頼むぞ。俺は行く。老兵は死なず、ただ消え去るのみ、ってね。そんな訳だ。おまえの力、それがみんなの希望となる。希望の星となる。星雲、それは君がみた光、ってね。そんな理屈だ。じゃあな、頑張れよ」

そう言って豆柴犬は歩き始め、暫《しばら》く行って首を下げグルグル回り始めたかと思ったら用便を始めた。

ドーベルマンは暫時立ち止まってそんな豆柴犬の姿を見つめていた。そしてドーベルマンは全身に力が漲ってくるのを感じていた。みなの期待に応えなければ。豆柴犬の気持ちにも。そんな力強い意志をピンと立った尾に漲らせつつ、ドーベルマンは猫のいる邸宅に向かって進んで行った。

豆柴犬の言ったとおりだった。猫はリビングルームのソファーのうえに四肢を投げ出して横たわっていた。ドーベルマンが入って行くと猫は僅かに首をあげた。ピンと張った髭。まん丸な目。笑みを含んでいるかのような口元。

るーん。話に聞いたとおりの傲然とした猫の貫禄に気後れしてしまっている自分に気がついたドーベルマンは、こんなことではいけない。しっかりしろ。ガンバレ、俺。と内心で自分を励ました。

　そうだ。オコジョが言っていた。なめられたら終わりだ。そしてこういうことは最初が肝心だ。最初、引いた感じで、「てへへ、ども」なんて頭を掻き掻き言ったらどうなる、あ、たいした奴じゃねぇな、と思われて終わりだ。数珠つなぎになって網走だよ。だから、最初は、がーん、と、いかなければならない。けれども、と同時に、ならず者であってはならない。気心というものも大事。つまり、気心と武力のバランス、これが大事なんだ。そのためのコツは。そう、それもオコジョが言っていた通り。相手へのrespectだ。温和にして諂《へつら》わず。だがいくときはいく。その気迫は常に持っている。そんな感じで僕はいくのか？　じゃなく、いく。という風に千々に心を砕いたうえでドーベルマンが口にしたのは、「こんにちは。鈴胴赤乃介と言います。調査委員会の方から参りました。ちょっとお話、いいですか」というごく尋常の挨拶だった。しかるに。

　猫はいつもの自分の流儀にしたがい、傲然とこれを無視した。これにドーベルマンはカチンときた。

　なんてこったい。こんなにいろいろ考えて接しているのに。これってもう既になめられているということなのか。だとしたら考えを改めて貰わなければならな

その様を見て取った鵜委員長は、これ以上、時が過ぎたらもはや諧和・調和を保つことはできない。ここはいったん散会した方がよいだろう、と考え、「皆さん、犬君がなかなか戻ってこないようなので本日はこれにて……」と言いかけたとき、森の小径から、ガラガラ、という、大勢で荷車を曳いてくるような音が聞こえ、誰が、なにがやって来たのだろうか、と皆が注目するところ、森の広場に入ってきたのは荷車を曳く猿の集団であった。

先頭にいて嬉しそうに梶棒を曳いているのは先ほどスゴスゴと森に消えたあの猿であった。

そして荷車の左側に二匹、右側に一匹、猿がいて荷車を押し、また、後ろからも二匹の猿が荷車を押していた。そして荷車には。

多くの楽器が積んであった。本当に多くの楽器だった。コントラバス、バイオリン、バンドネオン、サキソフォンとなんでもあった。大太鼓もカスタネットもあった。チターなどもあった。委員会室に荷車ごと入ってきた先頭の猿は嬉しそうに言った。

「みなさん。川沿いの倉庫を御存知ですか。あすこには毒が貯留してあってみだりに立ち入ると大爆発して死ぬ、と言われてましたね。僕はあそこに入りました。自暴自棄になっていたのでね。そしたら皆さん、大笑いです。毒なんて一欠

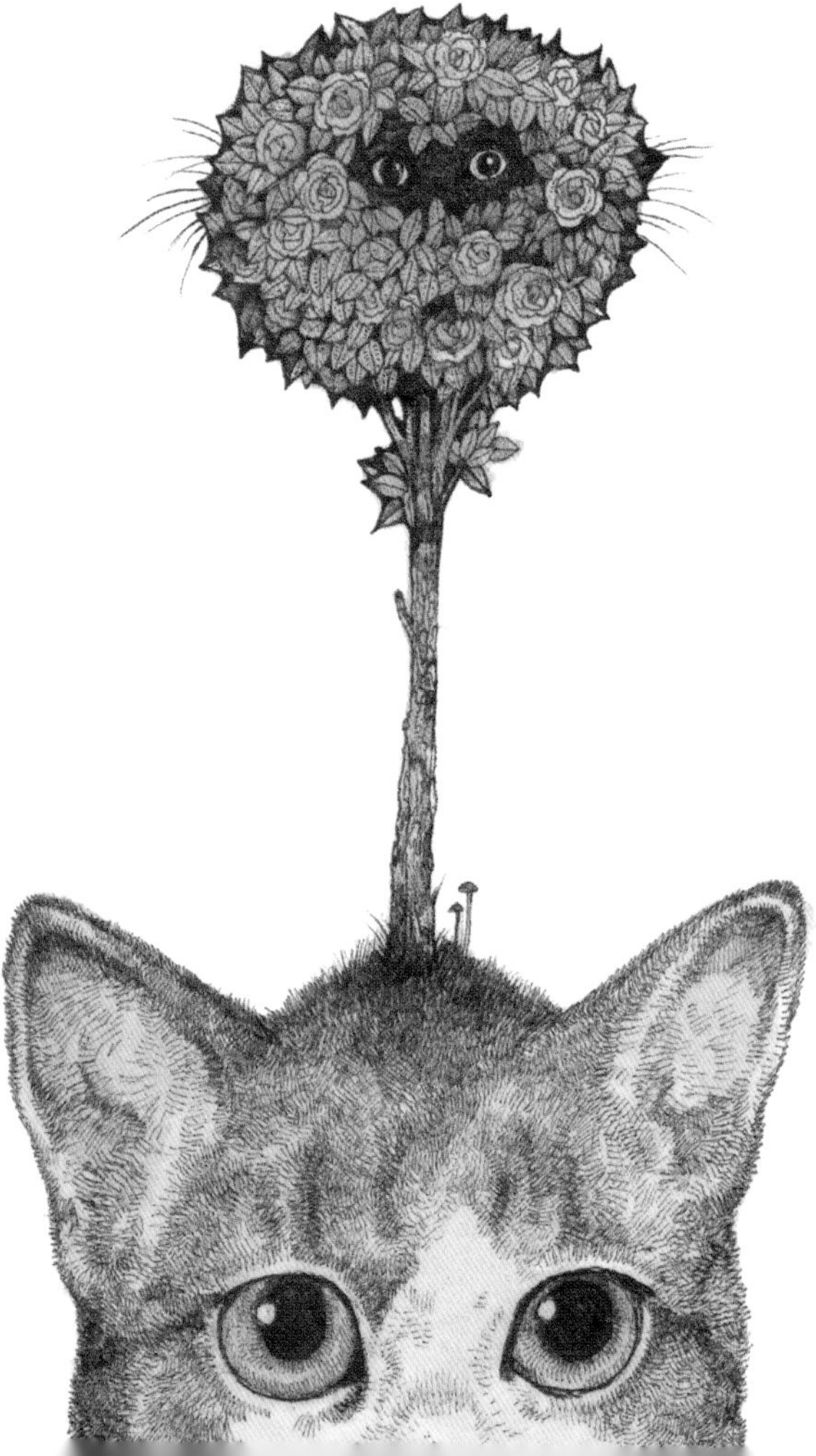

片もなくて、なかにあったのは楽器でした。そこで僕は猿仲間に声を掛けてまだ使えそうな楽器を積み込んで運んできました。みなさん。いかがでしょう。ここらでひとつ演奏&舞踏会でも始めませんか。くさくさする気分をぶっ飛ばしましょうよ」

という猿の意見に、「その言やよし」と賛同する者と「如何なものか」と反対する者があったが他にやることもないし踊りましょう、ということになって演奏会舞踏会が始まり、鵜委員長は胸をなで下ろした。

諍いにならず本当によかったことだ！　と鵜委員長は内心で思っていた。腹が減って踊れないというものには食物が配られた。周到にも猿は食料品をも積み込んでいた。これには全員が歓声を上げ、みなで猿智慧を讃えた。

讃《ほ》むべし、猿の知恵。歓ぶべし、猿の勇気。と歌った。歌いまくった。

荘重で優美でしかしどこかもの悲しい音楽が響き始めた。けれどもそれは先ほどの、気が滅入るように陰気な旋律ではなく、うっとりするようなかなしみを感じる響きだった。動物の奏でる音楽はみなそうだった。

猿の奏でる音楽に合わせてそれぞれがそれぞれの身体を静かに揺らした。暗い森に優美でもの悲しい音楽が鳴り響いていた。すでに日が落ちようとしていた。

天尭三年六月九日の夕刻。猿の奏でる音楽に合わせて静かに揺れる諧和会議のメムバーの姿を樹上から眺める者があった。

白い丸い猫であった。全身が白かったが頭部の、頭頂部から両目のあたりにかけては茶色い毛が生え、正面から見ると覆面をかむっているようにみえた。

猫は真横に張り出した太い枝に腹をつけて香箱を作りメムバーを見下ろしていた。

猫の目は澄んでいた。一点の濁りもなく澄んでいた。その澄んだ目で夕日に照らされて赤い諧和会議の参加者を見下ろして猫は思っていた。

あいつらは言葉によって諧和が齎されると信じている。そして自分たちが僥倖によってその言葉を得たことを讃め、歓んでいる。幸福な奴らだ。いや、不幸な奴らだ。ならば余はおまえどもに問いたい。やいおまえども。おまえどもはそれが言葉だと思っているのか。本当に思っているのか。言葉を超えたところにある高い言葉がいまもこの世に響き渡り、それが諧和だけをもたらすものでなく、火も剣ももたらすことに気がつかないのか。諧和を低い言葉で築くことができる、そう思うこと自体が傲慢で諧和ともほど遠いということに気がつかぬのか。ははは、気がつかぬようだな。幸福な奴らだ。いや、不幸な奴らだ。そしてもっとも幸福なのは。るふふ。言わなくてもわかるでしょう。というか、言っても誰にもわからない。なぜなら高い言葉は誰にも聞こえないし理解できないから。なので。

言わぬが花でしょう。

と、そのとき、それまで香箱を作っていた猫が急に起き上がると、前肢を揃えて座り、首を前に突きだして、がっ、がっ、がっ、とえずき始め、そしてついに嘔吐したが、果たしてその白猫の口から出てきたのは吐瀉物ではなかった。

ではなにであったか。

白い、美しい花であった。

猫は白い、美しい花を大量に、いつまでも吐き続け、花は風に飛ばされ樹下に舞った。

白い美しい聞こえない言葉の花がふる森の広場。その広場で虫や動物たちは悲しい音楽にあわせて静かに揺れ、震えていた。震えている。

2

猫とねずみのともぐらし

猫とねずみは一緒に暮らしていました。ふたりは、冬になって食べ物がなくなったときに備えて、おいしい油の入った壺を買い、教会の祭壇の下においておきました。

しかし、冬にならないうちに猫は、そのおいしい油をひとりでうまうまなめてしまったのです。

冬になってそのことがわかり、ねずみは怒りました。

「ふたりで買った、おいしいあぶらを君はなぜひとりでなめてしまうのか。冬になって私たちの食べるものがなくなってしまったではないか。どうするつもりだ」

そう言ったねずみの目は真っ赤でした。

そう言われた猫の背中の皮が、びくびくっ、と震えました。

猫は、教会の屋根の十字架がのしかかってくるようだ、と思いました。

猫がなんとか言い訳をできないものか、と考えていると広場の向こうから、王子さまが白い馬に乗ってやってきました。光り輝くような王子さまでした。髪は金色で肌は白く、目はブルーでした。白いタイツをはいて黒繻子《くろしゅす》のふくらんだ半ズボンをはいておりました。

それをみた猫はねずみに言いました。

「もう、大丈夫ですよ」

「なぜだ」

「ほら、向こうから王子さまが来るでしょう。王子さまというのはだいたいが清い心の持ち主で、そしてお金持ちですから、お願いすれば冬になって食べるものがなくて困っている私たちのためにパンを買ってくれますよ。ちょいとお待ちなさい」

そう言って猫は王子さまに声をかけました。

「もし王子さま、王子さま」

「どう、どう」

王子さまはそう言って馬をとめ、猫を見下ろして言いました。空のように真っ青な目には瞳がありませんでした。

「なんだい」

「はい。私たちは貧しい猫とねずみです。冬に食べるものがなくて困っております。どうか、お慈悲によって私たちに食べるものを恵んでいただけませんでし

ようか」

「それは困ったことだね。しかし、私は王女を探しにいかなければならない。急いでるんだ。こうしている間にも王女は魔法使いにひどい目にあわされているかも知れないから。このあたりには魔法使いが実に多いからね。では御免」

そう言って、王子さまは、「はいよー」と叫び、白馬に鞭をくれると土煙を上げ、森の方へ走り去りました。

「べっべっべっ」

「ひどい挨だ」

猫とねずみはそう言ってつばを吐き出しました。

「なんて、王子さまだ」

猫が嘆いていると向こうから王女さまが歩いてきました。その王女さまを見て、猫もねずみも腰を抜かしました。その王女さまがあまりにも美しかったからです。猫は腰を抜かしたままねずみにいいました。

「すごく美しい王女さまですね」

「ほんとうだ。光り輝くようだ。まともに見ると目がつぶれる」

「あのお姫さまにキャンディーかチョコレートを恵んでいただきましょう」

「くれるかな」

「くれますとも。あのように美しいお方だ。きっと慈悲深いお方に違いない」

そう言って猫は王女さまに目をそらし気味に話しかけました。

「もし。慈悲深い王女さまに申し上げます」

「どうしたの。猫とねずみ。おまえたちはどうして腰が抜けているの」

「私どもの腰が抜けているのはあなた様があまりにもお美しいからです。あなた様のあまりの美しさに驚いて腰が抜けました」

「まあ。ごめんなさい」

「いいえ。ぜんぜんかまわんのです。私どもが勝手に腰を抜かしただけですから。でも、王女さま。こんな私どもを哀れと思し召すならば私どもに食べ物を恵んでくださいませんか。実は冬の間、食べるものがなくて難儀をしているのです」

「あら、ごめんなさい。いまなにも持ってないのよ」

「では、お城に取りに戻られてはいかがでしょうか」

「それも駄目なの。私はいまとても急いでいるのよ。こうしている間にも私の結婚相手の王子が魔法使いにカエルにされているかも知れないの。そうならないうちに王子を捜しに行かなくちゃ。このあたりには悪い魔法使いが実に多いのよ。それじゃ、御免遊ばせ」

そう言って王女は行ってしまいました。

「いっちまいやがった」

「他に私たちに食べ物を呉れるような人はいないだろうか」

そう言って猫はあたりを見渡しました。

赤いフードをかぶった女の子が森へ入って行きました。真っ白な洋服を着た青白い顔をした男の子がうつろな目で広場の隅にうずくまっていました。貧しそうな兄と妹が悲しい顔で歩いていきました。おんどりとめんどりとあひるがガアガア哭きながら暴れていました。

「だめかー」

猫が溜息を漏らしたその瞬間、教会から、それはそれは美しい、さっきの王女の千倍は美しい女の人が出てきました。女の人はただ美しいばかりではなく、この世の悲しみをすべて一身に引き受け、これを憐れみ慈しんでいるような様子でありました。そんな人はこの世にただ一人しかありません。

マリアさまです。

猫とねずみは涙を流して喜び、すがりつくように声を出しました。

「マリアさま。お願いしま……」

みなまでいう暇がありませんでした。

「いま忙しい」

マリアさまはそれだけおっしゃると、もの凄い早さで森に駆け込んで行かれました。

「マリアさままでもお忙しい、とおっしゃる」

猫は嘆きの声をあげて天を仰ぎました。

ねずみはキチキチーと鳴いて両手をくちゅくちゅしました。

風が吹いて砂塵が舞い上がりました。ゴミが森の方に転がって行きました。

猫もねずみもお腹が空きすぎてその場から動けませんでした。

猫とねずみは交互に、「ああ、腹が減った」と嘆きました。

もう広場には猫とねずみ以外、たれもおりませんでした。たれも通りませんでした。

どれくらいそうしていたでしょう。

猫の耳がぴくぴくっ、と動きました。

ねずみの髭がびくびくっ、と震えました。

森から誰かが出てきたのでした。

「こんどこそっ」

そう思って猫とねずみは森から出てきた人が広場の方へやってくるのを見てお

りましたが、やがて、同時に声をあげました。

「最悪だ」

そう。森から出てきたのは魔法使いなのでした。

「逃げた方がいいよね」

「うん。でも私は逃げられません。さっきから腰が抜けてますから」

「俺もだよ」

そんなことを言ううちにも魔法使いはどんどん猫とねずみの方へ近づいてきて、とうとう二人の目の前にやってきました。もう駄目だ。悲しい一生だった。すっかり観念してお祈りをしている猫とねずみに言いました。

「そんなに怖がらなくてもいい。魔法使いだからといって必ず悪いとは限りません。私はいい魔法使いです。どうやらお困りの様子ですね。よござんす。私が魔法で解決してあげましょう。なになに、うんうん。わかりました。そういう事情ならあなた方を王子さまとお姫様にしてあげましょう。結婚してお城で一生、楽しく暮らすことができますよ」

そう言って魔法使いは呪文を唱えました。

ところが、魔法使いはまだ新米の魔法使いで、そんなに魔法が上手ではなく、猫とねずみは王子さまとお姫様にはなりませんでした。

ではどうなったのでしょうか。

猫がねずみになり、ねずみが猫になったのです。

ふたりは呆然と立ち尽くしました。

その間、魔法使いは、「へへへ。失敗しちゃった」と照れ笑いを浮かべたかと思うと、恥ずかしくなったのか森の方へ戻って行ってしまいました。

それ以来、ねずみはずっと猫で、猫はずっとねずみです。

だからいまでも、猫はねずみを見ると、

「おまえのせいでこうなったじゃないかー」

と怒って追いかけます。ねずみは、

「ごめん、ごめん」

と、へらへら笑いながら逃げていきます。

ねずみは元はひとりでうまうま、おいしい油をなめた猫だったからです。

はやく魔法がとけるといいですね。

いつとけるかはわかりませんけれども。

ココア

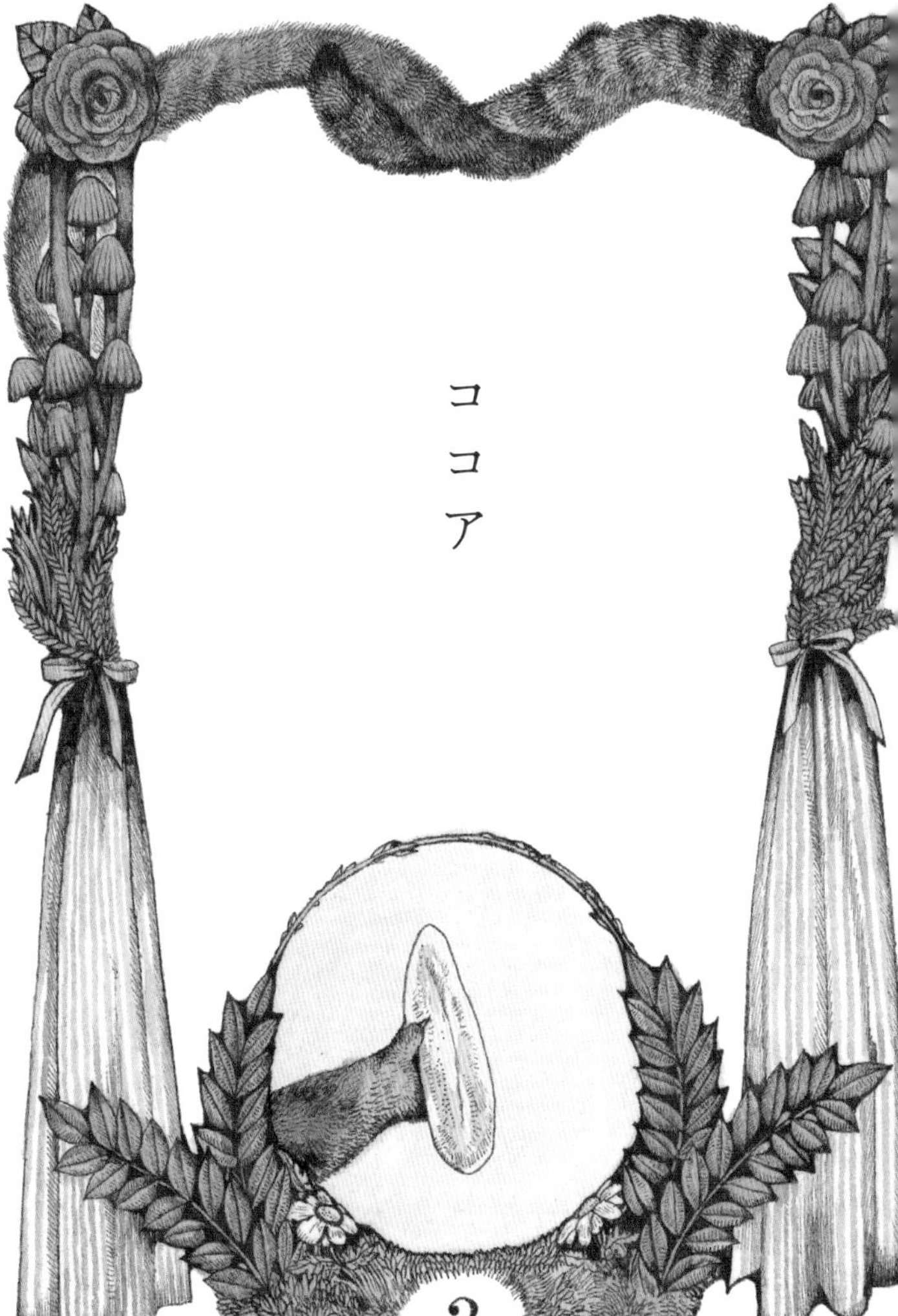

3

あれは私方に二十二年住まった猫が死んで二ヵ月くらい経った頃だから、平成十六年の六月頃の深夜だったと思う。私は狸穴《まみあな》で泥酔していた。泥酔していたばかりではなく、したたか殴られ、服が破れ、右眼がぎーんとなって白濁、世界が滲んだような溶けて流れたようなことになり、さらには財布もなくなってた。なぜ狸穴だったのか。そこのところをよく覚えていない。確か最初は四谷に居たはずなのだ。いや、違う。その前はホテルのラウンジに居たのだ。そのときは大勢、三十名かそれくらいの男女が居て、酒を飲んでいる者も半分くらいあったが、その他の者は湯茶を飲んでおり、私も皿を手に持ってコーヒーを啜っていたのだった。

その後、十名かそれくらいで四谷に行き、小料理屋のような店に入って酒を飲んだ。初めていく店で様子がわからず、清酒を四合かそこら飲んだだけだと思うのだが、その後のことが判然としない。

タクシーに乗っていったのがどこだったか。途中でのしかかってくるように威圧的な石造建築があったり、大きな門が見えたりした。

ネオンの明滅する大きなガードをくぐったような気もする。

そして次に気がついたとき私は、ゴミや段ボールが見苦しく散乱し、背の高い雑草の生い茂る高速道路の、背の高い頑丈な金網で囲われた高架下のようなところに倒れていた。上半身を起こし、四囲を見渡した私はすぐにその後の状況と場所の見当をつけた。そこはクルマで何度も通ったことのある、自宅からタクシーで千円分くらい走った場所で、私は痛み苦しみで錯乱しつつここまで歩いてきて昏倒したもの、と思われた。

立ち上がってみると視界が少し滲んだようになっているのと頭が少々痛いほかは不思議と痛みもなく、骨が折れている様子もなかったので、歩いて帰ろうと出口を探した。ところがどういう訳かどこにも出口がない。通常、こうした金網には背の低い戸のようなものがあるはずなのだが、おかしいな。そう思って、念入りに探したのだけれどもやはり出口はなく、こういう金網にはよく不法に出入りするものが破った箇所があるのだが、それもなかった。

ならば俺はどうやってここに入ったのだ。しかもあれだけ痛めつけられた状態で。おかしいじゃないか。と思ったが、とにかく帰りたかったのでやむなく金網を登り始めたら、足元に茶トラの猫が突然現れ、ひらっ、と金網の上に飛び上がると、中途にぶらさがる私の顔を暫時眺め、大あくびをして金網の上を歩き去った。

　それでまったくおかしいのはその高架下の幹線道路に一台のクルマもなく、また、一人のヒトもおらないことだった。その幹線道路だけではなく、自宅の前にたどり着くまでクルマもヒトもなかった。ただ、やたらと猫がいた。なんで？　正月？　いや、正月だってここまで誰も居ないってことないっていうか、近くに大型商業施設があるからヒトが多いくらいで、いったいどうなっているのか。核戦争でもおきたのか。じゃあなんで俺は生きているのか。

　なんて思いつつ、急な坂の途中に建つ自宅のあるビルのドアーを開けようと思ったら真っ白な猫が踞《うずくま》ってこちらを見上げていた。奇麗な猫で、どこかで見たことがあるような顔、と思ったら、その猫は十年以上前、うちに居たカルという名前の猫とそっくりなのであった。

　思わずかがみ込んで手を伸ばすと、そのカルに似た猫は、なにをするっ、という怒声を発し、ぴしっ、私の手の甲を引き掻いた。慌てて手を引きこめたが一瞬遅く、ざっくり切れた手の甲から鮮血が迸《ほとばし》った。気を悪くして建物の脇の植え込みの方へ走り去った白猫の後ろ姿に、ごめんごめん。心のなかで詫び、苦笑いを浮かべながら、ドアーを開けて中に入り、オートロックになっているガラスの開き戸の暗証ボタンを押そうとして驚愕した。胸よりやや下にあったはずのボタンが遥か上方にあってまったく手が届かないのである。

いったいどうなっているのだ。俺は狂ってしまったのか。そう思って周章狼狽していると、道路に面したドアーが開いてヒトの話し声がした。

「たすけてください」

駆け寄ろうとして思わず息をのんだ。入ってきたのはヒトではなく、キジトラと白黒の牛柄の二匹の猫だったのだけれども、驚いたのはその大きさで、なんという巨大な猫であろうか、トラくらい、と言いたいところだが、もっと大きくて、ウシ、いや、ゾウくらいな大きさは確かにある、見上げるほど大きな猫だった。

そしてさらに奇異なのは、その猫が、「いっやー、どうも着せ腹は着せん時だったね」「ほんとだなあ、いやあ違うなあ、ぶりぶりだりだり奇蹟の」などと、言っていることは不分明ながら、どうやらヒトの言葉を話しているらしい点であった。

はっとして身をすくめると、ありがたいことに猫たちは話に夢中で私に気がつかないまま、白黒の牛柄の方が、器用に前脚を上げ、くにゃくにゃさせながらオートロックの暗証番号を押して中に入っていったので私もそのあとに続いてちょかちょか中に入って、それでまた驚いた。

なにを驚いたかというと、入ったところに吹き抜け部、ビル六階分はあろうかという大伽藍が広がっていたからである。

いったいどうなっているのだ。目をこすって四囲を眺め、五分くらい経ってから漸《ようや》くそれが見慣れた管理人室のカウンターであり、ロビーの応接セットであり、窓にかかるカーテンであり、天井であり、床であることがわかり、七分くらいかかって、それらが意味なく巨大化しているということがわかり、十分くらいしてから、そうではなく、つまりそれらが巨大化しているのではなく、自分が猫ほどの大きさに矮小化しているのだ、ということがわかった。

まったくなんという浅ましい姿になってしまったのか。と、嘆くより先に、なんでこんなことになってしまったのか疑問でならなかった。ヒトはひどく殴られると矮小化するのだろうか。或は、他人の悪口を言うと矮小化するのだろうか。そも飲酒という背徳をなすのがいかんのだろうか。

そんなことを考えて呆然と立っていると、受付カウンターの先、エレベーターホールの方から誰か来る気配がしたので見ると、立派で金持ちな感じの灰色の牝《めす》猫（なぜかすぐに牝とわかった）が尾をピンと立てて、上機嫌な感じで歩いてきた。やはり見上げるように大きく、ゾウくらいある。というのはでも目の錯覚で、私が元の身体ならばゾウくらい、という喩《たと》えでよいのかもしれないが、私はどうやら猫くらいな大きさになってしまっているので、トラくらい、というのが正確かもしれない。

なんてことはでもどうでもよくて、さっきはうまく身を隠せたけれども、今度はど正面から来ているものだから逃れようがない、どうしよう、と思っていると、途中から私に気がついた灰色の猫は、私をひたとみすえ、さっきよりやや速度を落とし、腰も少し落として進んできたかと思うと、私から三メートルくらい離れた、受付のカウンターのところで腰を落として座り込んでしまった。

逃げるならいまだ。そう思うのだけれどもなぜか身体が動かなかった。小便もちびっていた。半泣きでじっとしていると、金持ちな感じの猫は暫くの間座ったまま前脚で顔を洗ったり、狐のような顔で背中を舐めるなどしていたが、やがて立ち上がると、受付のカウンターに前脚をかけて伸び上がり、呼び鈴を前脚で押した。

したところ奥から、薄汚れたようなネズミ色の毛皮のおっさんの猫が、「あい」と言いながらダラダラ現れた。金持ちな感じの牝猫が言った。

「ちょっとお、人間が入ってきてるじゃない。駄目じゃん」

言われたおっさん猫は、「ああ」と不分明な感じで言い、ひらっ、とカウンターを飛び越え、腰を抜かしている私の姿を認めると、「あ、ほんとだ。こら」と言って近づいてきた。私はおっさん猫に、「違う。私はここの住人だ。怪しい者ではない」と言おうとした。ところがどうしたことだろう、私の口からは、にゃあにゃあ、という猫の鳴き声のような声しか出ないのだ。そんな馬鹿な、そう思いつつ、にゃあにゃあ言っていると、おっさん猫は私の前で立ち止まると、「あっ。うざっ。こいつ小便してやがる」と言い、私の首っ玉をくわえ、左右にぶんぶん振ったうえで、びゅん、と放り投げた。

私はロビーの端の会議用テーブルの置いてあるところまですっ飛び、壁にぶち当たって転がった。

そこへおっさんの猫が走ってきて、私の前に座ったかと思うと首を傾げ、右の前脚を伸ばしてちょんちょんする。爪が出ていて非常に痛いから、痛いっ、と叫ぶのだけれども、やはり、ぎゃあああ、という猫が痛がっているときのような声しか出ない。そうするうちにもおっさんは、腹ばいになり、腰を揉むようにしたかと思うと至近距離から飛びかかってきて、その後はもう無茶苦茶だ、噛むわ、殴るわ、引っ掻くわ、好き放題に玩弄された挙げ句、がらがら、くにゃくにゃの手で開けた窓から、どさっ、表の道路に放り出されたのだった。

殺す気はなかったらしく、致命傷は負っておらなかったものの全身傷だらけで、痛みに泣きながら暫くの間、踞っていたが、いつまでも踞っていても仕方ないので痛みをこらえて立ち上がり、坂下の交差点を見て、「うわっうわっうわっ」と、叫んだ。

明け暮れ見慣れた往来に、ヒト、クルマ、バイク、自転車の姿は絶えてなく、居るのは猫、それも先ほど自宅アパートで見たようなトラほどもある大きな猫ばかりだった。ある者は尾を立てて悠然と歩き、ある者は用事ありげに、とっとっとっ、と先を急ぎ、ある者はバス停のベンチのうえで香箱を作って笑ったような口元で世間を眺めていた。

奇妙な感じがするのは、それら猫に車道、歩道という概念のないことで、車道の真ん中に長々と寝そべって毛繕いする者があるかと思うと、鞠《まり》を追いかけて遊ぶ者もある。

というか彼らには道路という概念がないらしく、道を歩いていたかと思ったら、ひらっ、と傍らの建物の庇《ひさし》に飛び上がって、そのまま庇伝いに見えなくなったり、ビルも三階の窓くらいだったら、ひらっ、と一気に飛び上がってしまって、その動きはきわめて立体的なのである。

なんて冷静に観察しているのは、そうして形だけでも冷静にしていないと発狂するおそれがあるからで、というかもう少しばかり発狂しているのかもしれないな。だってどう考えても、おかしいもん。と言いながらもとりあえずの身の振り方というか、とりあえずいまどうするかを考えなければならない。嫌だなあ。

と考えていると、ひと際おおきな、牛柄の猫が坂を上がってきた。歩き方がおかしかった。急に走り出したかと思ったら急に立ち止まりクルクル回転したり、ウギャ、と叫んで後ろ脚で立ち上がって前脚で虚空をつかむなどしているうえ、目つきも奇妙、マタタビを決めているのが明白であった。

目が合ったらやばい。と思ったときはもう遅かった。

「なにやっとんじゃ、人間こらあ。秋のパン祭り、なんでないんじゃあ、こらあ」

訳のわからぬことを口走りながら飛びかかってきて、鋭い爪で肩をざっくりいかれ、それからくわえてはぶん投げ、くわえてはぶん投げされてボロボロにされた。

それから何日経っただろうか。わからない。なんとか自宅に帰り着こうと何度か侵入を試みたものの、その都度、あの薄汚れたおっさん猫に見つかって殴られ、追い出され、一度は誰にも見つからずにエレベーターホールまで行ったのだけれども、なんたることでしょうか、どうやら猫たちは、ひらっ、ひらっ、と跳んで目的の階にいたるらしく、エレベーターの扉も籠も撤去されて、なかは縦長の空洞であったのである。ならば階段で、と思ったが階段室の鉄のドアーは押しても引いてもびくとも動かず、そんなことをしているうちにまたおっさん猫に見つかってつまみ出されるのだった。

そんなことで、行く場所も寝る場所もなく、あっちをウロウロこっちをウロウロ、公園のトイレや植え込み、地下駐車場、トンネルのなかなど猫目につかぬところで寝て、腹も減るのだけれどもカネがないから飯屋にも入れず、っていうか、そもそも飯屋に人間は入れないから、コンビニやハンバーガー店の前に置いてある廃棄弁当などを盗んで食べる。

それも見つからないようにやらないと人間がゴミを荒らすということで、無茶苦茶に引っ掻かれたり噛まれたりする。

ありがたかったのは、ボランティアの猫が定期的に呉れる飯で、公園のベンチの下や駐車場の奥まった猫目につかぬところに白飯、煮魚、ちくわ、フィッシュソーセージ、パンの耳などを山盛り置いておいてくれて、こーれは助かった。

しかし、ボランティアのそうした行為に批判的な猫も多く、不衛生な人間にうろうろされると気分が悪いので、行政が積極的に駆除すべき、という猫は少なくなかった。

また、ボランティアの猫は人間が無闇に増えないように、ということで片端から私らを捕まえて去勢・避妊手術をしたので、ボランティアの猫といえどもあまり油断もできなかった。

また、ただ単に楽しみのためだけに人間を虐待する猫も居るらしく、餌場に集まる人間には瞼を接着剤で貼り合わせられたことのある人間やバーナーで燃やされた人間、脚を切断された人間、矢で射たれた人間がいた。

私たちは互いに話すことはなかった。自分が生きるのに精一杯で孤独に暮らすうち、言葉を失ってしまった者がほとんどだった。或は、私のようにアクシデントによって途中からここに来た人間ではなく、最初からここにいる人間は最初から言葉を持っていないのかもしれなかった。彼らの目にはなんらの光も宿っていなかった。感情の起伏もあまりないようだった。もっとも、まともな感情をもっていたらここで人間として生きていくのはあまりにも辛いのかもしれなかった。私は、私もいずれああなるのだろう、と考えていた。

しかし。なかには幸福な人間もいた。裕福な猫に拾われ、ごはんと寝場所を与えられ、底辺の猫よりもずっと、よい暮らしをしているのだった。

できればそんな身分になりたいものだ、と人間が好きそうで、カネをもっていそうな猫が通ると、可能な限り可愛いぶって、アイドルタレントのような仕草をしたり、愛らしくみえるように首を曲げて脚をくにゅっと曲げ、目を細めてにゃあにゃあ鳴くなどしてもみたが、多くの者は無関心、こっちを見もしないで通り過ぎたし、たまに目が合うと苛《いじ》められ、やがてそういうことはやらなくなり、猫が来ると、とりあえず物陰に隠れた。

そんなある日の午後、私は児童公園のトイレと植え込みの間でへたばっていた。昨日の朝、道に落ちていたパンを少し食べて以来、なにも食べておらず、腹が減って動けなくなってしまったのだ。

本当は立って食べ物を探しにいった方がよいのだろうけれども、そんな気も起こらず、横になってぼんやりしていた。

公園には若い母猫と子猫がたくさん居た。母猫と母猫が話し、子猫と子猫が遊ぶなどしていた。平和な光景だった。

母猫たちは人間に興味がなく、たまに子猫に、ほら、あそこに人間がいるよ、にゃんにゃんにゃん。などと話しかけるだけで、危害を加える様子もない。

私はおそらくこのまま死ぬ。それは情けないことだけれども、無茶な猫に追いかけられたり、矢で射たれたり、燃やされたりした挙げ句に、苦しみ抜いて死ぬのではなく、かかる平和な光景を眺めながらひっそり死んでいくことができるのはせめてもの身の仕合わせ。できれば元の世界に戻ってから死にたかったが、人間、贅沢を言えば切りがない。こうして静かに死んでいける奴はそういない。これはこれでよかったのかなあ？

　などと思っていたが次第に意識が混濁してきて、小学二年の夏休み、祖父母の家の露地に面した連子窓《れんじまど》から差し込んでいた光が生々と頭の中によみがえったかと思ったら、突然、照明が切れたみたいに、ぶつっと意識が途切れて真っ暗になり、暫くして意識が戻ったときには深甚な恐怖と激しい寒さにがたがた震え、また、意識が途切れる。

　そんなことを何度か繰り返すうち、意識が戻っている時間が次第に短くなり、結果、意識は切れ切れになり、しまいには点のようになって、暗黒にまぎれていった。

　なるほど。これが死ぬということなのか。

　と、点となった私の意識ではもはやない、そして私ですらない、ぼんやりとして輪郭のない、誰のものとも知れぬ意識が思っていた。

　そんなことを思っていたら、突然、長くつながった意識がまた戻った。

　目を開けて周囲を見ると、公園に母猫と子猫の姿はもはやなかった。斜めに陽が射し、公園全体がオレンジ色に染まっていた。

　美しい光景だった。

　私はそのときなぜ意識がまた戻ったかを理解した。

これは、かく美しい世の中に最後のお別れをしろという神様のはからいなのだ。

そこで私は美しい世界を眺め、そして、「さようなら」と声に出して言った。

その声は、にゃにゃにゃにゃにゃーん、と世界に響いた。

私は目を閉じ、再び、意識が途切れるのを待った。

その瞬間である。

「いまこっちで聞こえたんじゃない、都市旬の補語の」

という声がしたので何事かと思って目を開けると、トイレの背後から生後八ヵ月くらいの全身がグレイの若い牡《おす》猫が現れ、

「いたいた、こっちこっち」

と怒鳴り、続いて同じくらいの年頃の白雉の牡とクリーム色に薄い茶色がぼやぼやっと混ざった脚の短い牝がやってきた。

最悪だと思った。動くものはなんでも面白い、この年頃の若い猫にとって人間は最高の玩具で、見つかると、くわえて振り回された挙げ句、ポーン、と遠くに放り投げられ、全身を強打して苦しんでいるところに、体勢を低くして腰を揉むように左右に振るようなことをしたうえで、ものすごいパワーで吶喊《とっかん》してきて、鋭い爪で一撃をくわえるなど暴虐の限りを尽くし、見つかったが最後、半殺

し状態になるまで許してくれないのである。

やばいことになった。そう思っていると言わんこっちゃない、

「あ、ほんとだ。いた。人間じゃん、人間じゃん。祠にしようよ」

クリーム色の牝猫が言うのが聞こえたかと思うと、ぎゃん、ぶっとい爪が右の肩口に突き刺さり、私はそのまま持ち上げられた。

「あれ、あれ、おかしいな、とれない」

牝猫はそう言うとくにゃくにゃの前脚を激しく揺さぶった。本人としては軽く引っ掻くつもりだったのが思いのほか深く爪が刺さってしまい、とれなくなって焦っているらしかった。

「あれ、あれ」

そう言いながら激しく揺すぶっていたクリーム色の牝猫はついに口を使った。左の肩口に牙が突き刺さった。

「ぎゃあああああああっ」という私の絶叫と、「なにしてんの」という落ち着いた声が聞こえ、それきりなにも見えなくなった。なにも聞こえなくなった。

そして気がつくと私は常と変わらぬ自分の部屋の寝室に居た。一瞬、すべては夢だったのか、と思った。しかし、夢でない証拠に左右の肩に熱を帯びた激痛があった。しかし、肩の傷には包帯が丁寧に巻いてあった。誰かが手当を施してく

れたのだ。

そしてまた、私は不思議な筒状の衣服を着せられていた。

私は助かったのだ。誰が私を助けてくれたのだろう。

訝りつつ上半身を起こすと激痛が走り、思わず、「いてててて」と声を上げると、開け放ったドアーの向こうで、「気がつきましたか」という女性の声がした。聞き覚えのある声だった。

「ええ」

曖昧に返事をすると、その人は、「調子はどうですか」と言った。

「ええ。身体に力がぜんぜん入りませんが、気分は悪くないです」

「それはそうでしょう。まだ、寝てた方がいいですよ」

「ありがとうございます。そうします」

私はそう言ってまた横になった。

それからどれくらい眠ったのかわからない。トイレに行きたくて目が覚めた。立ち上がると歩けそうだったので、寝室を出て玄関脇の浴室に行くと猫用トイレがあったのでそれで用を足し、足し終えて初めて自分が激烈に腹が減っていることに気がついた。廊下を再び戻り、寝室向かい側のキッチンの前にいたって、躊躇したのは、私を助けてここまで連れてきて看病してくれたに違いない、さっきの女性に無断で、キッチンに入りごんでよいのだろうか、と思ったからで、しかし、間違いなくここは私の部屋、キッチンのガスレンジの上のケトルも古びた電子レンジも立てかけてある俎《まないた》その他のものも確かに見覚えのある、年来、私が使ってきたものだ。

そう考えてキッチンに入り、巨大な冷蔵庫の前で途方に暮れてしゃがみ込んでいると、突然、背後で、「お腹がすきましたか」という声がして、慌てて立ち上がり振り返って二度驚いた。

そこに猫が座っていたからである。猫は静かな悲しみに満ちた、でも、静かに怒っているようでもあり、同時に、静かにふざけているような、しかし最終的な印象はおまえはそんなことでいいのかと批判しているような感じのまん丸な眼で私をじっと見ていた。

よく知っている眼だった。

こんな眼で私を見るものはこの世にひとりしかいなかった。私方に二十二年間住まった錆猫、ココアである。

私は、「ココア……」と呻くように言った。

ココアはなにも答えず、私の隣まで来て真面目な顔でくにゃくにゃの手で冷蔵庫を開け、奥に前脚を突っ込んでちょんちょんし、奥から笹蒲鉾《ささかまぼこ》を取り出し、これをくわえると、私の前にぺっと置いてくれた。

笹蒲鉾を手に取り呆然としているとココアは、

「食べませんか、笹蒲鉾。醤油とか山葵《わさび》がないのはどうしたことでしょう、と思っているのかもしれませんが、そういうものはここにはないのです」

と言った。私は、「食べます、食べます」と言って笹蒲鉾を食べた。笹蒲鉾は激烈においしかった。

それから数日をココアと過ごした。かつてひょいと持ち上げられたココアにひょいとくわえられるのは不思議な気持ちだったが、ココアは以前と少しも変わらぬ、静かでいい奴だった。

私はパンを食べながらココアに問うた。

「なぜ私を助けてくれたんだい」

「前の世界であなたが私を助けてくれたからです」

ココアはテーブルの上に飛び上がってそう答えた。

私はそう答えるココアを大して大事にせず、ココアに犠牲を強《し》い、自己都合を優先した局面を思い出して恥ずかしい気持ちになった。

私は水を飲みながらココアに問うた。

「私はこの世界では言語を持たず、にゃあにゃあ、としか言えないんだけど、

蟹かまぼこ

なんでココアとだけは話ができるのだろうか」

「前の世界で私はにゃあにゃあとしか発語しませんでした。でもあなたは私の言うことがわかったじゃありませんか。同じことですよ」

ココアは眼を狐のように細めて背中を舐めながらそう答えた。

そして私はついにココアに問うた。

「なぜ僕はこの世界に来てしまったのだろうか。僕はいつ元の世界に戻れるのだろうか。それとももうその可能性はないのだろうか」

「たいへん悲しいことだと思っています。いい方向に向かうといいのですが……」

ココアは香箱を作ってそう言った。

ある日、ココアが横になり前脚を舐めたり後ろ脚を舐めたりし、私が床に転がっていた雑誌を畳替えをするようにして読んでいると、ココアの耳がぴくぴくっと動いたかと思ったら、開け放したドアーから見覚えのあるネズミ色の毛皮のおっさんの猫が入ってきて、気配で立ち上がったココアの前に立ち、横柄な口調で言った。

「おたく人間飼ってんでしょ。連峰罰句、昨日の理事会で問題になって人間の飼育は禁止ってことになったんで、変戯、すぐ処分してください」

「ちょっと待ってください。そんな急に言われても……」

「でも禁止は禁止だからね。64f@zk9ls@、そっちでできないっていうんだったら管理組合で処分します」

そう言っておっさん猫は私の方にのっそり近づいてきた。

私は逃げようと思ったけれども足がすくみ、腰が抜けたようになって動けなかった。小便もちびっていた。

いよいよ終局か。

そう思った瞬間だった。

おっさんめがけて黒い矢のようなものが飛んできて、ぎゃん、という悲鳴が聞こえ、次の瞬間には、尻尾を狸のようにぶんぶんに膨らませたおっさんが背中を丸めて、シャアアアアア、と威嚇をしていた。しかし、ココアはまったく意に介さず、無表情で、ウウウウウウッ、と唸り、姿勢をひっくくして腰を揉むようにしていたかとおもったら、シャアアアアア、と威嚇するおっさんにまたぞろ突進、この喉笛に食らいつき、ぎゃあああああ、と悲鳴を上げたおっさんは玄関の方に逃げていった。

なお恐怖で動けない私にココアは、「まずいことになりました」と言い、「ちょっと闘ってきます」と言って玄関の方へ歩いていき、暫くしてから戻ってきて言った。

「玄関のドアを閉めていきますが、なにがあっても絶対に開けないでください」

「わかった」

と言うしかなかった。

暫くして廊下から、ぎゃあああああ、という悲鳴や、シャアアアアア、という威嚇の声が、にゃああああああ、という甲高い声、銃声、砲声、爆撃音、爆発音、衝突音、破裂音、曖昧音の長母音、鉦《かね》の音、読経、シュプレヒコール、怒声、罵声、サイレンといったただならぬ音が廊下から聞こえてきた。

ココアが私のために闘っているのだ。それも苦しい戦いを闘っている。いくらドアを開けるなと言われたからといって、知らぬ振りをしていてよいのだろうか。よい訳がない。私は立ち上がり玄関に走っていって廊下に出ようとした。しかし、ドアノブは遥か頭上にあり、いくらジャンプしても届かない。

私は泣いて、「ココアーっ、ココアーっ」と絶叫するのみであった。

暫くして音がやんだ。私は玄関でココアを待った。しかし、幾日経ってもココアは帰ってこなかった。そして管理組合の猫もやってこないのだった。

私は玄関で次第に衰弱していき、ついに完全に意識を失った。

そしてその次に気がついたとき、私は部屋の寝室にいた。寝室はドアーが閉まっていて真っ暗だった。

激烈に喉が渇いていた。しかし、自力でドアーを開けることはできないのだった。死ぬにしても水を飲んでから死にたい。

そう思ってドアーを見ると下の方がぼんやりと明るかった。

昔、猫の出入りのために私が取り付けた、半透明のプラスチックの小窓からぼんやり光が入っているのだった。

猫が頭で押して出入りできるあの小窓、あそこから外に出ることができる。それからキッチンへ行って……、でもキッチンのドアーが閉まっていたらどうするのだ、そして遥かにそびえ立つ流し台のそのまた遥か上にある水栓までどうやってたどり着く？　なんてことはそのとき考えればいい。とりあえずいまは廊下に出ることを考えよう、喉が渇いた。水が飲みたい。

そう思って半透明の小窓のところまで這っていき、ごん、頭で押したがつかえて開かない。アレアレアレ、少しく様子が変なんですけど。そう思って手で押すと容易に開くが、ますます様子が変で、アレアレアレ、と立ち上がると、ドアーは尋常のドアーとしてそこにあって私は普通にドアノブを開くことができるのだった。

そしていたったキッチンの水栓もまた尋常にひねることができ、すなわち私はどうやら元の世界に帰還したらしかった。

私は元通りの身体になっていた。私は、元通りにドアーを開けたり、冷蔵庫を開けて食品を取り出したり、水栓を捻って水を出せるようになった。

しかし、深甚な恐怖や絶望、餓え、痛み・苦しみを経験した私は、もはや元のようにへらへら生きることはできないだろう、と思っていた。なぜならいまもその痛み・苦しみを負う者がこの世にたくさんいるからだ。

私はカップに水を満たし、ごくごく喉を鳴らしてこれを飲んだ後、「にゃあああ」と鳴いてみた。

割とうまく鳴けたような気もしたが、しかしそれは根本のところで人間の声だった。いや、間違いようのない人間の、声、だっだっだっだっ、た。

猫のエルは

4

Yuko Higuchi
2018

私の家には猫はいない
猫はいないがエルがいる
エルは猫である
猫ではあるがそれ以前にエルである
たくさんの他の猫と違い、
圧倒的にエルである
エルは猫であるが猫はエルでない
なので私の家に猫はいない
エルがいる
圧倒的にいる

エルは家にきたその日の夜に危篤状態に陥った
この世に生まれて間もない頃でまだ乳を飲んでいた
医師は、医学的には死んでいる、と言った
妻が医師に、まだ生きて動いているものを死んでいるというのが医学的
立場だとしたら医学になんの意味があるのか、と言った
医師は、やってみる、と言った
そしてエルは助かった
奇蹟を体験した
私は運転をしながら泣いた
妻も泣いた
エルはキャリーケースのなかでぼんやりしていた

そしていま私の仕事場の半間の押し入れの奥
突っ込んである紙袋に入りごんでもぞもぞしている
楽しくてやっているのか
やらなくていけなくてやっているのか
顔が見えないからわからない

でもそれでいいのだ
いったん死んでこの世に帰還したエルは
生きてるだけで儲けだから

猫のエルは生きてるだけで儲け
そしてそれを仕事を怠けてぼんやり見ている人間である俺は
見ているだけで儲け
見ているだけで儲け

5

とりあえず
このままいこう

一ヵ月くらい前からおかしかった。はっきりとどこが悪いという訳ではないのだが、なにをするのも懶《ものう》く、熱もあるようだった。けれどもこんなことは前にもあって、静かに暮らしておれば自然に治ったので、此度もそうだろうと高をくくって家の人にも黙っていた。

ところがひと月経っても熱が下がらない。それどころか身体もふらつき、これまで造作もなかった日常の立ち居ひとつびとつが大儀になって、さあ、そうなると家の人も、これはおかしい、と言い始め、「大丈夫だ、そのうちに治る」と言って抵抗する私を無理矢理に車に押し込んで病院に連れて行った。

若い医師は、「もはや手遅れでできることはなにもない」と言った。それから一ヵ月間、家の人が伝《つて》をたどり、或いは、ネットで調べ、私はあちこちの病院へ行った。医師の見立てはそれぞれ異なったが、結論はどこも同じだった。

そして三日程前からはいよいよいけなくなり、私は立ち上がることもできなくなった。呼吸するごとに苦しく、家の人が酸素テントを運び込んでくれたが、それが猶《なお》苦しく、苦しさが極点に達して私は死んだ。どこかで鳥がギャアギャア啼いていた。

死んでもなぜか意識が残っていて、私は家の人が嘆き悲しむ様子を、そのかたえに居て眺めていた。私は不思議に悲しくなかった。寂しくもなかった。ただ驚きがあった。自分がいまどういうことになっているのかよくわからなかった。

私の身体が和室に横たわっていて、その前に驚くほどたくさんの花が飾られていた。私はその様子を眺めていた。月に一度、私の毛を刈ってくれていた人がきて、私の身体を撫でてくれていた。翌日には家の人が私を毛布と花でくるみ、大事に大事に運んで自動車に乗せ、山のなかを走り、谷間を通って川を渡り、また山に入って、クネクネ行った先の霊園へ私を連れて行った。私はその様子もまた眺めていた。

そこへは二度ほど行ったことがあった。併設の（というより、どちらかというとそれがメインの施設である）ドッグランに遊びに行ったのだ。一度目のとき私はまだ若く、併設のドッグランで楽しく遊んだ。二度目は小雨が降っていて、あまり遊べなかった。そして三度目には身体を焼かれることになったのだ。

霊園には十人以上の人が花を持ってきてくれていた。みんな泣いていて、それでやっと私はこれが最後の別れになるのだな、と覚《さと》った。四角い鉄の台に乗せられた私の身体は土牢のようなところに押し込まれ燃えて骨になった。

家の人は箸で私の骨を拾い大きな壺に入れながらポロポロ泣いていた。泣いて、「生まれ変わって戻ってこいよ。そしたらまた一緒に暮らそうな」と絞り出すような声で言った。

この先どうなるかはわからないが、できればそうしたいと私自身もそのときは思っていた。


私は家の人がものすごく好きだった。一緒に居るだけでうれしい気持ちになった。なぜならば家の人が私を大事にしていつも私を構ってくれるからだった。私は家の人が意識して私をなによりも先にしているのを知っていた。だから私はそれに応えたかった。私は感謝していた。だから私はいろんな局面で家の人の意に沿うように心掛けていた。家の人が、座れ、と言えば座ったし、待て、と言えば待った。「来い」と言えば行った。それはときに困難を伴ったが、それにも耐えた。

そして私がそうして家の人の意向に沿って座ったり待ったりしていると多くの人が、「賢い犬だ」と言って称賛し、私はそのことがうれしかった。

と言ってでも、称賛されたのがうれしかったのではなく、そうして私が称賛されているのを聞いて家の人が喜んでいるのがうれしかった。だから私は困難はあってもよろこびを感じ、家の人の意に沿うよう心掛けていた。

でもそんな、うれしく楽しかった日も終わりを告げた。私は死んだ。

そしてそのとき家の人は、「生まれ変わって戻ってこい」と言った。「戻ってこい」と言われれば私はなにをしていても戻った。だから私は戻る。ただ、生まれ変わり、というのがわからない。どうやったら生まれ変わることができるのだろうか。そう思うとき、私の意識もついに煙のように消滅した。

そのとき私は草地のようなところにいた。暗い土手のようなところ、潟のようなところを通った思いがあった。土手のかたえには人家が、潟には沖まで伸びる砂州があった。

その草地はどこまでも広がって、ずっと向こうで薄墨色の空と融け合っていた。草地の草の、半ばほどまでは水に浸かっていた。水は冷たく透明で、さらさらとひとつの方向に流れていた。

私は暫《しばら》くそこにいた。けれどもなにも起こらなかったので歩いてみた。歩いたら草地ではない別のところにたどり着くかも知れないと思ったからだった。けれどもいくら歩いても景色は変わらず果てしがなかった。それなら歩いても意味がない。そこで立ち止まった。弱い風が吹いていた。俯いて流れる水をぺちゃぺちゃ飲んだ。

　そして顔を上げると草地のど真ン中に鳥居があった。とても大きな大鳥居で上の方が霞んでいた。その向こうは参道で、参道は滑走路のようだった。

　私は行ってみようと思った。行って鳥居をくぐってみようと思った。鳥居があって参道があるのならその向こうには社殿があるのだろう、そこにまで行けばまたなにか新しいことがあるのかも知れないから。

　すると老人が立っていた。道服を着て藜《あかざ》の杖を突いていた。白い顎鬚が胸のあたりまで伸びていた。老人には威厳があって、気軽に話しかけられるような雰囲気ではなかったので、私は上目遣いでこれを見上げ、口角を上げ、舌を出して横に曲げ、足早に、トットットッ、と通り過ぎようとしたところ、「待ちなさい」と言われた。

「私でしょうか」

「そこもと以外に誰がおる。そこもと、いずくに行きやる」

「申し訳ありません。ここが立ち入り禁止とは知りませんでした」

「そうではない。ここに参った者は必ずこの門をくぐる」

「では、どうして私だけが止められるのでしょうか。私には資格がないのでしょうか。私はずっとこの草地を歩き続けるのでしょうか」

不安になって問うと老人は悲しげな目つきで私を見て黙り、そして言った。

「そうではない。そこもとも此の門をくぐる。ただしその前に確認しておくことがある」

「なんでしょうか」

「そこもとはこの後、どうしたいのだ」

老人の荘厳な様子から、名前とか経歴とか出身といった世の中のことを聞かれるとは最初から思っていなかった。そういうことではなく、心構えとか姿勢とかそういうことを厳しく問われるのだと思っていた。ところがいきなり、どうしたい、と希望を問われ面食らい、「おわっ、私は……」と絶句してしまった。したところ老人は、「いきなり問われても答えられないのは当然のことだ。まずは仕組みを説明しよう」と言って、口頭で、ときには藜の杖で地面に絵を描いて、大まかな仕組みを説明してくれた。驚くべき説明だった。老人の説明は細かいところにまで及んだが私の漠然とした理解は以下のようなものである。

まずここがどこかというと、それは私もうすうすわかっていた、いわゆる黄泉国で、魂が来るところである。そして魂はこの鳥居・門をくぐって所定の審査・手続きを経た後、それぞれ、姿形《しぎょう》を与えられ、指定された場所へ赴く。その際、どんな姿形で、どこへ赴くのかは審査結果次第で、どうなるか予め知ることはできない。

元々居た世界へ元の姿で戻ることもあるし、元々居た世界へ別の姿で戻ることもあるし、全然知らないところへまったく違った姿で行くことになる場合もあるそうである。姿も場所も数限りなくあっていちいち挙げると切りがないが、代表的なものを挙げると存在に、人間、動物、虫、草木、菌類、怨霊などがあり、場所に、現世、過去世、未来世、地獄などがあって、また、消滅といって魂ごと消えてしまうことも多くあるそうな。

なにとも頭が痛くなるような話で、先がどうなるのかわからないのは不安になるが、申請の際に希望を述べることもできるようになっているらしい。もちろん審査があるのでそれがすべて叶うわけではないのだが。

そして、すべての手続きが終わると、係官の手で小さな一人乗りのカプセルに乗せられて、カタパルトが魂になったような装置で射出され、決められた場所に飛んでいくことになっているのだと。広大な参道はその魂の、魂的な射出装置の一部なのだと。

「なるほど、そういうことでしたか。それであなたは私の希望を聞いてくださったのですね。つまりあなたは私の担当の係の方なのですね」

仕組みの理解なった私がそういうと老人は薄く嗤い、いままでとは口調を変えて言った。

「なんの。そんなことがあるものか。ええっと、なにから言えばよいのかな。ここではもの凄くたくさんの、大きすぎてもはや数ではない力の渦巻きを扱っているから、そんなひとりびとりに担当の係官がついたり審査面談したりというようなことはない、もっと自動化された、統一的な意志やロジックを超えた自律的な力がコンニャクのように震えているから、当然、担当などというものはない」

「でもさっき係官の手で、って」

「それはものの譬《たと》えですよ。係官の手の動きを見たものなんていない。いるべくもない」

「じゃあ、どういうことなんですか」

「実はな、これはある格別の計らいでね、ある下級存在、君が居た世界では如来と呼んでいるらしいが、その下級存在が関係筋の存在を通じて私のところに君のことが慈悲情動として立ち現れてきたのでね、私がこうして鳥居の外に立っているという訳だ」

「よくわからんのですが」

「わからなくていいよ。とにかく君がこの後どうなりたいかだ。まあ、後も先もないが」

「そうですねぇ。どうしよう。予定ではどうなることになっているんですか」

「予定という訳ではないが、君は人間になって元の世界に戻ることになっているのだが、それでよろしいか」

そのとき私は家の人の言ったことを思い出した。私は言った。

「私はできれば犬になりたい。犬になって元の家に戻りたいんです。可能でしょうか」

「ああ、可能だよ。じゃあ、そういうことで」

老人はそう言うと薄くなっていった。どうやらこのまま消えるつもりらしく、私は慌てて、「ちょ、ちょっと待ってください」と言った。

「なんですか」

「あの、手続きとかそうしたものはないのでしょうか」

「ああ、それは大丈夫だから」

そう言う間にも老人はどんどん消えていく。

「ちょっと待ってください。もうひとつだけ、聞きたいことがあるんです」

「なんだ」

「そんなに多くの数の魂を扱うなか、なんで私だけ特別扱いなんですか。あなたと僕はどういう関係にあるんですか」

「ああ、それか、それはな……」

と言いかけて老人は完全に消えて、そこから先は聞こえなかった。そして、「ああっ、もやもやする。気になる」と言う間も思う間もなく私の意識は鳥居の向こう側ではなく、鳥居そのものに吸い込まれて消えた。


ということは私は普通なら冥界（仮にそう呼ぶ）の審査を経るところ、格別の計らいでそれを経ず、横入りで希望の場所へ希望の姿で戻るべく、容器に入れられ射出された、ということになるのだが、そんなことがあったような気はまるでせず、気がつくと、小さな箱のなかにフワフワの生きものと一緒に押し籠められていた。

カプセルとはこの箱のことか。しかし老人は一人乗りと言っていたが、このフワフワの生きものはなにだろう。緩衝材か。どうしようもない魂を緩衝材として使っているのか。そう思って、どこからどこまでが自分の身体かわからないまま身じろぎをしようとすると、周りのフワフワも不愉快そうに身じろぎをして、そしてそのなかの一匹が目を剝き、真っ赤な口を開けて、ニャア、と言った。

それでこのフワフワが猫という存在であることがわかったのだが、まったくなんという不手際だろうか。一人乗りの犬のカプセルに猫と一緒に入れるなんて。或いはそれが、私をここに連れてきた冥界の意志が、訳のわからない力の渦巻きである以上、こうしたことは不手際とは言わないのだろうか。しかし仮にそうだとしても私は困るので取りあえず吠えたら。

妙な声が出た。なんだこれは。慌ててもう一度、吠えた。やはり妙な声。ニャア、なんだこれは。まるで猫の声。というか完全に猫の声。ということは。やはり私は間違えられたのだ。ふざけるな。なにが冥界か。

私は怒って暴れた。そうするとそれに反応して周りのフワフワも暴れ始めた。おまえらに俺の気持ちがわかってたまるか。こんな恰好で家の人に会えると思っているのか。猿がっ。

と、誰に言っているのかわからない文句を言いながら、真っ赤な口を開けて叫んだり、人の腹を後ろ足でゲムゲムするなどしていた。そうすることによってなにが起こるかをわかってやっていた訳ではないが、現実改変の試みであったことには違いない。ところがなにも起こらない。そのうちに疲れ、腹が減って、ぐったりしてきた（なかには最初からぐったりしているフワフワもいた）。そしてそのうち寒くなってきたので私たちは身体をくっつけて互いを温めていた。

そんなことを何度か繰り返しつつ私はこんなことをしている場合ではない、元の世に戻ったのであれば、他にいくところもないのだし、早く家の人のところへ行くべきだと思っていた。


けれどもいつまで経ってもどこにもいけず、私はずっと箱のなかにいた。箱から出されることもあったがすぐに別の箱に入れられた。途中で、ぐったりして死ぬ奴もいた。

そこは元の家より広いところだったが妙なところだった。かつて私の身体を燃やしたところと感じが似ていたが、でもちょっと違っていた。いや、かなり違っていた。

まずここにはもっと多くの猫やそして犬がいた。みんなぐったりしていた。なかには元気に見えるものもいたが、よく見ると気が狂っていた。気が狂っているのは大抵、犬だった。犬は顔ぶれがしょっちゅう変わっていた。どうやら多くは死んでいるようだった。鳥居をくぐって真っ直ぐここに来てすぐ死ぬのなら、最初から鳥居などくぐらなくてもよい、と私は思っていた。

ここに居る人も燃やしたところの人とは少し感じが違っていた。燃やしたところの人は元気で真っ直ぐな犬のような人だったが、ここにいる人はみんな疲れて、犬や猫と同じようにぐったりしていた。箱の外で動き回れるという点では違っていたが、見えない大きな箱に入って、そこから外に出られないような感じだった。

私たちフワフワは次第に暴れなくなった。私は前のときと似ているが同じ死ぬのでも少し違うと思っていた。そうするとまた違うところにいくのだろうか。それともまたあそこにいくのか。そんなことを考えてぐったりしていた。

そしていくらも経たぬうちに抜本的な箱の移動が始まったので、さあ、いよよ、死ぬのか。苦しみがないといいが、と思いながら、それでも仲間と、ファア、ギャア、騒いでいた。騒がずにはいられなかった。なかには恐慌をきたして、箱の中で走り回る者も居た。ぐったりして動かない奴が居たので、こんなときも動かないのだな、と思って見ると既に事切れていた。ところが。

疲れ切ったいつもの人たちと一緒にまた別の人が二人来て、私たちの前に立った。二人とも女性だったが、印象は随分と違っていた。一人は髪も服も簡略で生気に満ちていた。もうひとりも簡略なのだけれども飾りや模様があり、生気はあるが、あまりそれが表面化しないというか、生気があまり洩れていなかった。

それは態度物腰にも表れていて簡略な方は、ひっきりなしに動き喋り、苦しみも楽しみも同時に心のなかから湧き立っているようだった。この人は、この人もあの鳥居を通過したのだろうが、その霊前はなにだったのか。そんなことを思わせる。

そう思った瞬間、私は大きくドライブし始めていたのか、模様についても、静かななかに湧くようなものを感じて、ガッガッガッ、と嘔吐した。

「あああっ、吐いたあっ、あわあああっ」

簡略が言って、「じゃあ、このことこのことこのこを連れて行く」と模様が言って、それで私と後、数名が箱から出された。


それから私たちは別の箱に入れられ別のところへ連れて行かれた。そこへは自動車で行った。私たちは籠に放り込まれた。籠には先からの猫が居て、私たちが入って行くと、鼻をスンスンさせて集まってきた。それで奴らが私のことを妙だと思っているのがわかった。

というのは当たり前で、なぜなら私は身体こそ猫であったが、考え方が犬で、そうしたものが仕草や振る舞いに表れていたからだった。

奴らは訝しげに目を細め、鼻をヒクヒクさせ、片方の前肢を中空でブルブル振って私から離れていき、離れたところで背中を舐めた。だから私は籠の中でいつもひとりきりだった。そして怪《け》しからぬことに、あの前の箱で一緒だった奴ら(いまのところに来てからわかったのだが、きゃつらと私は色柄が極度に似通っていた)も、同じように私を敬遠しだした。

いまのところと先のところの大きく違っていたのは、色や飾りがあるところだった。前のところにも色はあったがそれは事物そのものの色であり、色彩は事物の持つ機能に付随しているに過ぎなかった。そして飾りの類は一切なく、掲示してあるのは文字ばかりだった。

しかるにここはいかに。色は色として選ばれてそこにあった。もちろんそんなことは猫には関係のないことで、奴らはなんでもバリバリにした。けれどもその猫に餌を運んでくる人間の精神が違っていた。

先のところの人間は言ったとおり疲れ切っていた。ところがここの人間には言ったとおり生気があった。それはそのまま色が、色彩があるかないかの違いだったのだ。そして先のところで言うエサはここではフードと婉曲に表現されたが、そのエサだかフードだかを運んできたり、屎尿《しにょう》を処理する人間のその疲労度はそのまま猫どもに影響し、ここの猫どもはぐったりしていなかった。

それどころかフワフワが最初そうだったように、人を殴った挙げ句、自らは仰向けになり、前足で相手の腹をホールドし後ろ足で顔をゲムゲムするなどして遊んでいる。そしてやられる方もそう嫌そうにしていない。

要するに快活なんだ。奴らは。そんななか犬の意識を持った私はひとりでしょんぼりして、傍目にはぐったりしているように見えた。

「あぎゃあああああっ、ぐったりしている」ってだから、簡略がときどき言った。けれどもぐったりしている訳ではなく、しょんぼりしているだけだった。

そんなことが続くうち、飾りのなかで私たちは成長していた。そしてこのままここでまた死ぬのか。そうしたら家の人との約定はどうなるのか。もう一度会うと信じていたのだが。

と思ううちにまた違う感じの人たちが来るようになった。その人たちは年齢も性別もまちまちであったが、どこかしら似通っている部分があった。どんな点か。まず生気の観点から言うと、中くらいにはあった。疲れと生気が相半ばして混じり合って未分化の状態にあった。そして目に希望の光があった。それは自分がこれからいましようとしていることによって、自分が途轍もない、果てしもない、もの凄い地平にジャンプできるのではないか、という感じの希望であったり、或いは、しょせん人生などというものはたいしたことがなく、自分のような人間は身の程を知って生きていけばよい、と諦めたうえで、しかし、日々の生活には驚くべき発見や感動がある。それらを深く味わい、噛みしめ生きていくこと。それは小さなことではあるが、実はもの凄いことなんだよ、ということがわかるようになる、という感じの希望、の、その光であった。

その希望の光がチラチラ光る目の彼らのファッションは概ね、地道で曲がなく、ベージュのパルボナリマルや花柄のボンギミ、ボーダーのスガッチョなどを召しになっていたが、なかにはライダースジャケットを羽織り、手首胸首に刺青《しせい》をちらつかせている兄貴や、凶悪なまでにファッショナブルな女の人もいて、快活な連中はそういう人たちの服に爪を引っ掛けて引っ張ることによって裂け目を作るなどしていた。

けれども希望の光に目が燃え、ある意味、目が見えなくなっている彼らはそんなことはなんとも思わなかった。それどころか、そうしたものを、衣服が毛まみれになるのも厭わず抱きしめ、言葉を発して語りかけて止まず、そうすると快活な奴らは、ブルブルブルブル、と言って身体をくねらせ、頭をこすりつけて、甘えるが如き仕草をし、或いは、口を開いて、しゃあぁ、など言いながら、足でゲムゲムしたり、指を広げられるだけ広げて、パンチパンチパンチ、と猫パンチを繰り出したりした。

そうしたところ、人の目でチラチラ燃えていた希望の炎が、ひときわ燃えて、目からぼわっと前に出て、猫を熱でくるんだ。

そのくるみにくるまれて猫は後日、その希望の人の家に希望そのものとなって届けられ、箱の中の猫が減っていった。

私はその様子を眺めていた。

要するに貰われていったということだった。けれども私はいつまでも貰われなかった。理由はしょんぼりしていたからだ。

目から炎を滴らせている人はしょんぼりしたものを好まなかった。いや、憎んでいた。私はいつでも黙殺された。稀に興味を示す人もあったが、いざ貰われるという段になると故障が起きて貰われず、私は家の人に会うこともできない儘《まま》、檻の中でただ大きくなっていった。

そして日が過ぎるうちに箱の中のメンバーがどんどん入れ替わったが、箱の外の人間も入れ替わった。模様の人は変わらず居たが。

その頃になると私はもう殆《ほとん》ど諦めていた。すべての原因はあの老人がなにかを間違えたことによる、だからもう私は今回はここで死にそしてもう一度、鳥居をくぐり、また別の姿形になってそのときこそ家の人に再会する。それを願うしかない、とそう思っていた。ところが。

ある、希望に満ちた人が大勢来て、多くの仲間が好奇心から檻前面にへばりついて猫パンチ等しているのを後目《しりめ》にひとり奥でふて寝をしていたところ、聞いたことのある陰気な声がしたので顔を上げると、家の人が檻の前にいて、猫に指を噛ませて遊んでいた。

ふぎゃあ。私は叫んで檻前面に駆け寄り私であることを伝えようとした。けれども姿形が変わってしまっているので伝わらない。伝わる訳がない。けれどもこんなことが二度も三度もある訳もなく、いましかないと思うから、その辺でフニャフニャしている同僚を蹴り飛ばし半ば立ち上がって絶叫した。

「私です。私です。ほら、私ですよ」

いままで檻の隅でどんよりしていた猫が目が合った瞬間、そのようにやる気を出したのを見て家の人は驚いた様子だった。そしてまた、模様を初めとするこの人たちも驚いてこれを見ていたが、そのうち模様が進み出て家の人に話しかけた。

「とても珍しいことです」

「なにが珍しいんですか」

「この子は普段、とてもおとなしい子で、こんなに喜んで人に甘えることはないんです」

「甘えてんですか、これ」

「そうですよ」

と、そう言うと模様は檻の前面扉を開け、逸る私を抱き上げると、「だ、大丈夫ですか。逃げませんか」と心配する家の人の腕に預けた。

「こんなに懐いているんだから逃げませんよ」

「懐く、っていま会ったばっかりですよ」

「でも、ほら」

と、模様が言うと私は、懐かしい家の人にまた会えたのが嬉しくって、以前、よくしていたようにその、耳や頬をペロペロ舐めた。ジョリジョリと音が立った。

「あひゃひゃ、やめろ。痛い、あひゃーん」

家の人は身をよじった。かくして私は元の家に戻ることになった。

そんなに経っていないはずだが少しも様子が変わらない家の中の、なにもかもが懐かしかった。裏庭のアーチに絡みついたバラが徒長して、家の人はいつも、剪定しないとなあ、と言っていたが相変わらず伸び放題に伸びて収拾がつかなくなっている様。

玄関の下駄箱の上の本の山。家の人がいつも使っている安っぽい土瓶。なかなか点火しないガス焜炉。壁のフックにかかったままの私のリードとカラー。鋳鉄製のペン立て。もう何年も停まったままの壁掛けの時計。家の人が酔っ払ったときにかき鳴らすギター。私の玩具が入った木箱。なにもかもが不思議なくらいにそのままで、私はその不思議に酔い、もしかしたら死んでからのことはみな夢だったのか、と思うほどだった。

でも夢ではなかった。居間の奥の造り付けの本棚の、人の胸の高さの所に私の写真と私が好きだった玩具と花が飾ってあって、そしてその奥には、見覚えのある布でくるんだ壺が置いてあった。

そしてよくよく見るとごく僅かではあるが変わっている部分もなくはなかった。電気式の湯沸かしが、故障したのか、以前とは違うものになっていたし、家の人のバスローブが新しくなっていたし、南の窓際に置いてあった鉢植えがなくなっていた。

けれども私と家の人との関係は同じだ。

一緒に飯を食べ、一緒に眠り、散歩に出掛ける。時には旅行に行く。あの楽しかった毎日がまた始まるのだ。そう思うだけで上を向いて口を開け、そこここを私は走り回りたいような気分だった。

ところが家の人はそうでもないようだった。なんだか淡々として、長旅の果てに帰ってきた者を迎えるという感じがまったくない。というのはでも仕方がないのかも知れない。なぜなら私の姿形がすっかり変わってしまい、私を私と認識できないのだから。

そこで私は私が私だとわからせようと考え、私の写真が飾ってあるところに行って、後ろ足で立ち上がり、手を一杯に伸ばし、振り返って、私をケージから出し、流しの方へ行った家の人の背を見た。

したところ家の人は気配に気がつき、「なんだ。なにしてる」と言い、水を満たした桶を持ってこっちに来たので、私、これは私だと暗に訴えようと、跳躍して私の写真を指し示そうとした。そうしたら。

そう言えばこれまでずっと狭い檻のなかにいて跳躍をしたことがなかったのだが、いざそうして跳んでみると、なんたることだろう、フワッと宙に浮き上がった感覚があって、そして気がつくと私は易々と本棚に飛び乗っていた。

一瞬、なにが起きたかわからなかったが、すぐに猫にはそういうことができるのだということに気がついた。

これはおもしろい。私はそう感じて今度は、その体高の何倍も高い本棚の縁から飛び降りてみた。なんの問題もなく着地できたが、犬の頃なら考えられない芸当で、もし犬の頃、こんな高いところから飛び降りたら間違いなく大怪我をしていた。

それをいまは難なくできる。それがおもしろくて私は暫《しば》し家の人のことを忘れ、ヒラッ、と飛び乗り、フワッ、と飛び降りを繰り返して、そしてそれが次第にエスカレートし、本棚の天辺まで飛び上がって飛び降りる。ただ、飛び上がるのではおもしろくないから、部屋の一番向こうの端まで走って行き、これ以上、進んだら壁にぶつかるというところで爪を存分に床に引っ掛けて、くるっ、とターンしてまたぞろ全力疾走、本棚の手前で跳躍して飛び乗る、なんてことを始めた。

その様子を見ていた家の人は、木箱から、私が特に気に入っていたアヒルを象った玩具を取り出し、床に座り込んでこれを投擲した。

そもそも盛り上がっていたところへさして、気に入りの玩具を投げて貰ったのだから、もうたまらない、私は玩具に向かって駆け出し、これを口にくわえ、以前したように頭を上に向けて、踊るようにパタパタ歩いて、これを家の人のところに持っていって、ボソッ、と膝に落とした。そうすれば家の人がまた投擲してくれるはずだからである。ところが。

投擲してくれない。どうしたのだろう。そう思ってよく見ると、家の人の肩が小刻みに震えていた。

家の人は頭を下げ、額に手を当てて俯いて動かない。くくくくっ、という声が聞こえる。私が居なくなったと思ってこれを嘆き悲しんでいるのだ。

大丈夫だ。私はここにいる、そうした意味も込めて私はまた走り始めた。

そして何度目だったか、跳躍して本棚の縁に飛び乗った際、目測を誤って、縁にぶら下がるような恰好になってしまい、宙ぶらりんでもがくうち、私の写真と布でくるんだ壺が大きく傾《かし》いで、アッ、と思う間もなく、棚板とともに落下して床に転がり、私の白い骨が床に散らばった。

「あああああっ、なんてことを」

背後で声がした。「しまった。叱責される」と、思わず首をすくめた。けれども、蹲って私の骨を拾い集め始めた家の人は私を叱責しなかった。私の名を呼びながら骨を拾い、壺にしまっていた家の人はやがて声を放って泣き始め、その手も止まってしまった。掛ける声を持たない私はその膝に乗って蹲った。

家の人は私の背を撫でた。

そんなことで以前の家に戻ったことは戻ったのだけれども、家の人が私に気がつかないので、前と同じなような違うような妙な感じの日々だった。でも、その妙な感じ、のなかには、自分自身がけっこう変わったという部分も含まれていて、例えば先に言った、ヒラッ、と飛び上がる感じはその最たるもので、いままで自分がそんなところに乗るとは思わなかった、飾り棚の上とか、テーブルの上とか、に飛び乗るのは、自分でやっておきながら、その都度、アレアレアレ？という感じがつきまとった。

しかし、いざ飛び乗ってみると実に気分のよいもので、私は家の人が特にとがめないのをよいことに頻《しき》りにそうしたところに飛び乗り、ついには座敷の神棚に飛び乗って神鏡と戦ったり、鴨居に飛び上がって欄間《らんま》の穴くぐりをするなどした。

そしてこれにはそうした遊戯的な要素だけではなく、実際的な利得もあった。というのは、以前であれば、たとえどんなにうまそうな八つでも食餌でも、一度、食卓の上などに置かれてしまえば、それこそ手も足も出すことができず、ひたすら恭順の意を示して、先方の慈悲を乞うより他に方法・手段がなかったのだが、今度は食卓であろうがなんであろうが、ヒラッ、と飛び乗ることによって自力でこれを捕食することができるのである。

というのが実は一番、大きな変化なのかも知れなかった。

以前はかなりの部分を家の人に頼っていたというか、家の人に頼んでやってもらうことが多かった。例えばいま言った食餌も、前は時分時になると家の人が作ってくれて初めて食べることができた。家の人がなかなか作ってくれないときは、吠えたり、情けない顔をして催促することしかできず、自分でなんとかすることはできなかったし、そんなことはしようとも思わなかった。

けれどもいまは時分時にならずとも、ドライフードが居間の一隅にいつでも用意してあって、それを好きなときに食べるし、それもないときは、そうしてヒラッと飛び乗るなどしてそこいらにあるものを捕食できるようになった。そればかりかこないだなぞ戸棚から削り節というのを出して食べた。家の人が居ないのをよいことに爪を引っ掛けて戸棚を開けて小袋詰めを取り出し、牙で穴を開けて食したのである。尤もあまりうまくはなかったが。

或いは、犬の頃は家の中の居場所は居間と台所と決まっていて、それ以外の場所に入っていくことはできなかったし、二階という所は私にとって、ひとつ屋根の下でありながら未知のゾーンだった。廊下を隔てた続き間にはときどき入れて貰えたが、自分の意志で許可なしに入って行くことはできなかった。

ところがいまはどうか。廊下であろうが和室であろうが、また二階であろうが、家の中はどこでも自由に入って行ける。そして家の人は気がついていないが私はところどころで少量のマーキングさえしているのである。


そんな日々が続くうち、ヒラッ、と台の上に飛び乗り、掌を舐め、その舐めた掌で顔をこすったり、首をうんと伸ばして、背中を舐めたりしても、アレアレアレ？　と思わなくなって、逆に以前、そういうことをしなかったことの方が不思議に思えてきた。

その頃になると家の人も私に慣れて、というと少し違う、私との付き合い方に慣れ、削り節のしまってある戸棚を半開きにしておくというようなこともなくなったし、万事に用心深くなっていろんなものを置きっ放しにするなどしなくなった。

そして、「猫ってやつあ」と頻繁に言った。そしてそれがまた私の精神にも不思議な影響を及ぼしていった。それは。

ドンドンパンパンドンドンパンパン。ドンドンパンパンパンパンドンドンパンパン。ドドパンパ、ドドパンパ、ドンパンパン。

と、例えばそんなこと、前の私はそうしたことを頭の中で思うことがなかった。そんな類のことを思っていたかも知れないが、それはもっと実際的現実的形を取っていたように思う。でもいまはドドパンパ。或いは。

こうしなければならない、これはやってはいけないということが、その音によって私のなかでほどけていって、というなかには、そんな音を頭の中で鳴らしてはいけない、というのも含まれていたのかも。を含められていたのかも。含まっていたのかも。と考えが溶けていって。

それはだからふざけているということではなく、なめているということだったのかも知れない。実際の話、私はマーキングをし、呼ばれても気分が乗らなければいかなかった。それとは反対に、重い荷物を運んでいるときに足元に行ってチヨラチヨラしたり、甚だしいときは、その荷物の上に飛び乗るなどした。

以前であればそんなことをしたら家の人は、それはやってはいけないこと、と私に教え込もうとしたし、実際に教え込んだ。けれどもいまは悲しい顔で懇願するばかりで禁止しようとはしない。

そんな関係の変化、つまり私はなめ、彼は弱気になるという変化が私たちにあった。私はドンドンパンパンパンドンドンパンパン。ドンドンパンパンパンパンドンパンパン。ドドパンパ、ドドパンパ、ドンパンパンという音が鳴るままに、好きなときに食べ、好きなときに眠り、自在自由にマーキングをし、新明解国語辞典を噛み破って暴れ散らしていた。

　はたまた家の人が仰臥して本など読んでいる際は、それがちょうどよいので、ドンドンパンパンドンパンパン、忍び寄って腹の上に乗った。

　家の人は腹部が圧迫せられて苦しいから、尻をそっと押して肋骨のある胸の側に移動させようとするのだけれども、こちらとしてはゴツゴツした肋骨の上より、柔らかい腹の上の方がよいに決まっているから一切の協力をせず、前肢を胸の下にたたみ込んで目を細めて知らぬ顔をする。

　それでもしつこく押すときは、「そんなだったらもういいっ」と言い捨てて、さっさと腹から降り、少し離れたところにいって脚など舐める。

　そうすると寂しいのか家の人は頻りに反省をして、次からは、うーん、うーん、と呻き声を上げて苦しみながら限界まで腹部の圧迫に耐えるようになった。

　そのようにして私は変わっていった。そして以前のことをあまり思い出さなくなっていった。かつての自分の写真を見て一瞬、これ誰だったっけ？　と思うことすらあった。同じように家の人も変わっていくのだろうか。私がそうであるように私のことを思い出すことが減っていくのだろうか。そんなことは別に構わない、と私は思った。

葱チャーハンの臭みが家中に漂っていた。家の人が朝はらに葱チャーハンを拵えて食したためだった。そして葱チャーハンを食して家の人は出掛けていき、家には臭みだけが残された。くさくさするので毬《まり》を転がして遊んだが、あまり治らないので、畳で爪研ぎをした。そうすると畳の表面の下にある構造部のようなものが露出してきたので、それを食って嘔吐した。少し気分がさっぱりしたが、その分、勢いもついたので、今度は障子に登った。爪の形に沿って張り替えたばかりの障子紙が破れるのは自分の力の流れた後を見るようで壮快だった。俺は高みに高みに登っていき、頂点を極めて逆さ落としに降りる際には桟も何本かは折れた。

飛び降りて流石に疲れたので水を飲み、廊下にさまよい出た、ちょうどそのとき玄関の扉が開いて家の人が帰ってきた。

家の人は持っていた籠を框《かまち》に置き、ようやっと重荷から解放された、というような表情を浮かべた。

家の人は、よほど籠が重かったのか暫くの間、玄関に立ち、ああああっ、と声を上げたり、腕をグルグル回したりしていたが、やがて屈み込み、長い間、狭いところに入れごんで申し訳なかったが、もう大丈夫だ。出ませい、と言って、籠の蓋を開けた。

したところなかから飛んで出たのは一匹の仔猫であった。

全体的には淡灰色なのだけども顔の所は黒一色で、頭の天辺から鼻にかけて白い筋が一筋に通っているという珍らしい柄で、飛んで出てはみたものの、どうしてよいかわからず、廊下の始まりのところで身を低くして固まっていた。

その猫を見て俺は驚愕した。なんということであろうか、その仔猫は確かに淡灰色の猫ではあったが、そのバックグラウンドに人間がつながって見え、その人間はどこからどう見ても以前、俺がいたところで俺たちの世話をしていた簡略な身なりの人だった。

ということはどういうことなのか。そう。可哀想に死んだ、ということだ。死んで冥界に行き、俺のように非公式の横入りなのか、それとも正規のルートなのかは知らぬが、とにかくあの鳥居をくぐって発射せられて、こんだ猫の姿になってまたぞろやってきたというわけだ。

なるほど。猫の世話をしていた人間がこんだ世話をしられる側に回るなんてのはおもしろきことだ。こいつは自分で望んでそうなったのだろうか。それとも望まぬが審査の結果そうなったのか。俺はそんなことも知りたかったし、ともかくにも満更知らぬ仲でもないわけで、そんな俺らが宿世の縁でひとつ屋根の下に住まうことになったのだから、ここはひとつ何方《どっち》かが死ぬまでは仲良くやりましょうや、という態度でトットットッと歩いて近づいていった。ところが。

元・箇略の猫は近づいてきた私を見ても反応を示さず面妖な顔をするばかりであった。俺だよ、俺。態度・物腰こそ随分と変わったが、あのとき貴様に身の回りの世話をして貰っていた俺。いつも物陰で元気なくへたばっていた俺を忘れたのか。そんな訳なかろう。だってついこないだのことじゃないか。

ほどの意味を込めて俺は彼（箇略は牡に変じていた）の鼻に自分の鼻を近づけた。猫の香が鼻孔に広がった。

彼は俺が近づけた鼻に自らも鼻を近づけてスンスンした。そうだ。思い出せ。思い出して元気を出せ。俺は内心で彼を励ました。家の人は框に立ち、そんな俺たちの姿を写真撮影していた。

ところが、おまえ、気がつかない。気がつこうとしない。気がつくどころか一頻りスンスンすると箇略は、餓鬼のくせに真っ赤な口を開き、まるで悪魔のような顔をして、シャアアアアアア、と声を上げ俺を威嚇すると、前肢を挙げて殴りかかってきた。

私はなぜか急になにもかもが嫌になって、その場を離れ、少し離れたところにいって自分の背中を舐めた。

　しかしまあそのうちに思い出すだろう、と俺は高をくくっていた。けれども簡略は三日経っても四日経っても俺のことを思い出さず、これにいたって俺は、どうも簡略は本当の本当の本当に俺のことを完全に忘れてしまっていると知るにいたった。

　つまりこれは間違いなく簡略であるのだけれども、本人的には簡略の意識がまったくない、ということで、そんなことがあるのかと驚いたが、暫く考えるうちにそれが普通なのではないか、と思うようになった。

　家の人は俺が俺だとわからず、簡略もわからない。そして簡略は自分が簡略だということがわからない。そして家の人も簡略が簡略であることがわからず、簡略も家の人が家の人であることを忘れている。俺が俺であり簡略が簡略であることを知っているのは俺ひとりなのである。

　ということはむしろ俺が特殊で家の人や簡略が普通なのではないだろうか。つまり普通は鳥居をくぐればそれ以前の記憶は刷新される。けれども俺はあの、見た目は立派だがその実、杜撰な、実務能力ゼロの老人によって妙な横入りをさせられたので刷新されずに記憶が残った、とこういうことではないだろうか。

しかし、最近はあまり前のことを思い出さなくなった。段々に間遠になって、あれ、なんだったっけ、と考え込むことが多くなった。いまは考えたら思い出すが、そのうちに考えても思い出さず、そのうちに考えることもしなくなって、忘れていることを忘れる。そんなことになるのだろうか。

ギューニーは相変わらず俺を鹿十する。ときどき鼻をスンスンして面妖な顔はするが基本的にはいないものとして扱っている。そして家の人に俺の玩具を投げて貰ったりしている。俺は来た日に投げて貰ったばかりでそれから一度も投げて貰っていない。猫を差別するな。

ギューニーはギューニーという名前を付けて貰った。頭から鼻にかかる白い筋がまるで、牛乳が垂れたようだからギューニーである云々。それならMilkとかmilkyとかにするのが一般的なのだろうが家の人はギューニーと。

けれども俺はいまにいたるまで名前を付けて貰っていない。ギューニーのように呼ばれることがない。いまもそうで、家の人はギューニーを呼んで膝の上に乗せ、背を撫でているが俺は放っておかれている。ギューニーは目を閉じ、咽を鳴らしている。

そして俺は最近、頭の中で組み立てては壊し、組み立てては壊ししている新しい仮説をまた組み立ててみる。

もしかしたら俺は霊魂のままなのではないか。

組み立てた瞬間、嫌な気持ちになった。俺は廊下を横切り、和室に行き、床柱にマーキングをし、掛け軸に登って、座布団で爪研ぎをした。そんなことをしてなににになろう。なににもならない。ただ愉快なだけだ。でもいいじゃないか。ドンドンパンパンドンドンパンパンで行こうじゃないか。霊魂だって猫だって。俺はかつて家の人が好きだった。大分忘れたけど好きだった。そしてこの後、それも忘れてしまうかも知れない。でもいいじゃないか。いまはまだ覚えているし、思い出すことができる。いまは一緒に居ることができている。それでいいではないか。だから俺は、とりあえずこのままいこう。それ以上のことを望むことはできないし、望んだって叶わない。というか自分がなにを望んでいるのかもわからない。だから、とりあえずこのままいこう。

そんなことを思っていると物音を聞きつけた家の人が入ってきて、チラ、と座敷の惨状に目を走らせたが、構わず私を真っ直ぐに見て、

「うん。とりあえずこのままいこう」

と確かに言った。

広縁の方で、ガタン、という物音が響いたかと思ったら、ギューニーが鳥を咥

えて入ってきた。緑色で腹が白い小鳥。確かに見覚えがあるが、はて、誰だったか。

ギューニーが、ポソン、と畳の上に鳥を落とした。そっと咥えていたのだろうか、鳥はすぐに起き上がり、二、三歩、トットットッ、と助走を付けるように跳ねて飛んで、半分開いた窓から庭に飛んで出てギャアと啼いた。

なんだったか。誰だったか。でも俺はとりあえずはこいつとこのままいこう。

またそう思っていた。

本書は二〇一八年九月、小社より単行本として刊行されました。

|著者|町田 康　作家・パンク歌手。1962年大阪府生まれ。高校時代からバンド活動を始め、伝説的なパンクバンド「INU」を結成、'81年『メシ喰うな！』でレコードデビュー。'92年に処女詩集『供花』刊行。'96年に発表した処女小説「くっすん大黒」で野間文芸新人賞、ドゥマゴ文学賞を受賞。2000年「きれぎれ」で芥川賞、'01年『土間の四十八滝』で萩原朔太郎賞、'02年「権現の踊り子」で川端康成文学賞、'05年『告白』で谷崎潤一郎賞、'08年『宿屋めぐり』で野間文芸賞をそれぞれ受賞。著書に「猫にかまけて」シリーズ、スピンクシリーズ、『この世のメドレー』『常識の路上』『ギケイキ』『記憶の盆をどり』『しらふで生きる』など多数。

http://www.machidakou.com
Twitter：@machidakoujoho

猫《ねこ》のエルは

町田《まちだ》 康《こう》｜絵・ヒグチユウコ

2021年12月15日第1刷発行

発行者――鈴木章一
発行所――株式会社　講談社
東京都文京区音羽2-12-21　〒112-8001
電話　出版（03）5395-3510
　　　販売（03）5395-5817
　　　業務（03）5395-3615

Printed in Japan

講談社文庫
定価はカバーに
表示してあります

KODANSHA

デザイン―菊地信義
本文データ制作―株式会社精興社
印刷――豊国印刷株式会社
製本――株式会社国宝社

ISBN978-4-06-526248-1

講談社文庫刊行の辞

　二十一世紀の到来を目睫に望みながら、われわれはいま、人類史上かつて例を見ない巨大な転換期をむかえようとしている。

　世界も、日本も、激動の予兆に対する期待とおののきを内に蔵して、未知の時代に歩み入ろうとしている。このときにあたり、創業の人野間清治の「ナショナル・エデュケイター」への志を現代に甦らせようと意図して、われわれはここに古今の文芸作品はいうまでもなく、ひろく人文・社会・自然の諸科学から東西の名著を網羅する、新しい綜合文庫の発刊を決意した。

　激動の転換期はまた断絶の時代である。われわれは戦後二十五年間の出版文化のありかたへの深い反省をこめて、この断絶の時代にあえて人間的な持続を求めようとする。いたずらに浮薄な商業主義のあだ花を追い求めることなく、長期にわたって良書に生命をあたえようとつとめるところにしか、今後の出版文化の真の繁栄はあり得ないと信じるからである。

　同時にわれわれはこの綜合文庫の刊行を通じて、人文・社会・自然の諸科学が、結局人間の学にほかならないことを立証しようと願っている。かつて知識とは、「汝自身を知る」ことにつきていた。現代社会の瑣末な情報の氾濫のなかから、力強い知識の源泉を掘り起し、技術文明のただなかに、生きた人間の姿を復活させること。それこそわれわれの切なる希求である。

　われわれは権威に盲従せず、俗流に媚びることなく、渾然一体となって日本の「草の根」をかたちづくる若く新しい世代の人々に、心をこめてこの新しい綜合文庫をおくり届けたい。それは知識の泉であるとともに感受性のふるさとであり、もっとも有機的に組織され、社会に開かれた万人のための大学をめざしている。大方の支援と協力を衷心より切望してやまない。

一九七一年七月

野間省一